고전 한 책

깊이 읽기

고전 한 책

깊이 읽기

고전을 주춧돌로
생각과 논리의 집을 짓다

이권우 지음

우리학교

고전이란 특별한 영향을 미치는 책들이다.
그러한 작품들은 우리의 상상력 속에
잊을 수 없는 것으로 각인될 때나,
개인의 무의식이나 집단의 무의식이라는 가면을 쓴 채
기억의 지층 안에 숨어 있을 때
그 특별한 영향력을 발휘한다.

『왜 고전을 읽는가』
(이탈로 칼비노 지음, 이소연 옮김, 민음사 펴냄)

차
례

**1부
깊이 읽기
_문학**

2부 ——
깊이 읽기
_사상

책 읽기의 항해를
안전하게 이끄는 나침반

책을 읽어야 한다는 소리는 귀에 못이 박히도록 들어 왔지만, 정작 책을 읽어 본 적은 별로 없는 청소년이 많을 겁니다. 이유는 다 압니다. 기본적으로 학업에 대한 부담감이 제일 큰 까닭이겠지요. 아직도 청소년을 압박하는 대학 입학시험이 정말 많은 것을 억압합니다. 학교 공부에 학원 공부에 책 읽을 짬을 도통 내기 어렵지요. 디지털 매체의 방해도 만만찮습니다. 스마트폰에다 유튜브까지 영상으로 다양한 정보를 접하기 엄청 쉬운 시대를 살고 있지요. 재미있고 유익하기까지 한 것도 수두룩한지라 자꾸 책을 멀리하게 됩니다.

하지만 아무리 시대가 변하더라도 책 읽기의 가치는 여전히 유효합니다. 책 읽기는 기본적으로 저자와 나누는 대화입니다.

읽는 이의 능동적인 태도가 요구된다는 뜻입니다. 눈에 보여 다 알게 해 주면 스스로 생각하지 않게 됩니다. 수동적인, 그래서 수용적인 태도만 보이게 됩니다. 대화는 그렇지 않지요. 지은이가 말하면 그것이 무슨 뜻인지 되묻게 되고, 지은이와 생각이 다르면 토론하고 논쟁하기 마련입니다. 무척 능동적인 일이지요. 그리고 글로 썼기에 그것이 무엇인지 상상해 보게 됩니다. 그 과정에서 사고력, 비판력, 상상력 등이 두루 성장하게 됩니다. 그러니 책을 읽자고 할 수밖에요.

읽어야 하는데 읽을 수 없는 형편을 고려해, '한 학기 한 권 읽기' 수업을 학교에서 하더군요. 솔직히 아쉽습니다. 더 많은 책을 선생님의 지도를 받으며 친구들과 읽었으면 하니까요. 욕심이겠지요? 물론, 한 권이라도 깊이 읽는다면 상당히 좋은 효과를 보게 되어 있습니다. 한 권의 책을 꼼꼼하게 읽어 보고, 그것의 주제와 이를 뒷받침하는 내용을 찾아보고, 동의하는 이유와 비판하는 이유를 찾아보는 과정에서 독서하는 방법을 깨우치게 됩니다. 문학의 경우에는 주제와 상징을 찾아보고, 작가가 말하고자한 내용을 찬반 토론해 보는 것도 좋습니다. 좁았던 인식의 폭이 확 넓어지는 경험을 하게 될 겁니다. 천리 길도 한 걸음부터라고 하잖아요. 한 학기 동안 한 권의 책을 읽은 경험을 바탕으로 스스로 더 많은 책을 읽어 보길 바랍니다.

이 책은 고전을 중심으로 깊이 읽은 결과를 서평 형식으로 쓴 글을 모은 겁니다. 고전이야말로 책 중의 책이라 부를 만합니다. 한 시대 그 공동체의 문제를 해결하기 위해 치열하게 고민한 지적·문학적 성과가 고스란히 담겨 있어서지요. 거기다 고전은 세월의 담금질을 견뎌 내고 오늘의 우리에게 강력한 메시지를 전해 줍니다. 이거 보통 일이 아니거든요. 오래된 것보다 새것을 더 숭배하는 세상에서도 고전은 여전히 그 가치를 잃지 않고 있지요. 그래서 흔히 고전을 일러 '오래된 미래'라고 말합니다. 오늘의 우리가 겪는 문제를 해결할 실마리가 고전에 있다는 뜻이지요.

문제는 읽기 어렵다는 점입니다. 고전이라면 누구나 어려워합니다. 그래서 농담 삼아 고전을 읽으면 고전을 면치 못한다고 하지요. 그렇다고 무턱대고 포기할 일은 아닙니다. 청소년에게 어울리는 고전을 골라 읽어 버릇하면 나중에는 높은 수준의 고전도 읽어 낼 수 있기 때문입니다. 특히 학교에서 한 학기 한 권 읽기 할 적에 고전은 맞춤한 책입니다. 혼자 읽으면 더 어렵다고 느끼기 마련인데, 친구들과 느낀 바나 깨달은 바를 공유하면서 읽어 나가면 여러모로 도움받기 마련입니다. 더욱이 한 권만 집중해서 읽게 되니, 자연스럽게 깊이 읽을 수 있지요. 숙제하듯 서둘러 읽지 말고 꼼꼼하게 읽으며 지은이의 생각과 근거를 드러내고, 이에 대한 읽는 이의 생각을 메모하며 읽어 보세요. 그러다 보면, 마치 배를 타고 대양을 항해하다 만난 안개가 걷히고 목표한 항구가 바라보이는 듯한 기분이 들 겁니다.

좀 더 자세한 설명이 필요한가요? 그럼 이 책에 실린 내용을 예로 들어 볼게요. 카뮈의 『이방인』은 중편소설 분량이지만 이해하기는 쉽지 않아요. 특히 뫼르소가 살인하는 대목, 그가 사형당하는 이유는 어떻게 해석해야 할지 난감하지요. 이럴 때는 작품을 읽은 것으로 그쳐서는 안 되고, 관련 자료를 찾아 꼼꼼히 읽으면서 해석되지 않은 대목을 이해하려 애써야 하고, 어떤 해석을 하게 되었다면 내 생각을 뒷받침하는 근거를 찾아야 합니다. 이 과정에서 혹 내 분석이나 해석이 잘못되었다는 점을 확인한다면, 당연히 생각을 바꾸어야겠지요.

내가 읽은 『이방인』 뒤편에는 유명한 철학자 사르트르의 해설이 실려 있었어요. 이 글을 내 생각과 비교하면서 읽었어요. 그리고 카뮈 자신이 『이방인』을 철학적으로 설명한 글로 『시지프 신화』가 있는데, 이것을 찾아 읽었어요. 처음에는 『이방인』과 『시지프 신화』가 연결되어 있다는 사실을 몰랐는데, 사르트르의 글을 보고 알게 되었지요. 일종의 횡재를 한 셈입니다. 다음으로는 김화영 교수가 쓴 『문학 상상력의 연구』에서 뫼르소의 살인 부분을 찾아 읽었지요. 한 권의 책을 중심으로 이런저런 책을 찾아 읽다 보면 미처 몰랐던 것을 깊이 깨닫게 됩니다. 이것이 깊이 읽기인

거예요.

다음으로는 징검다리 읽기를 권합니다. 서점가에 가면 고전을 쉽게 풀이한 책이 많이 나와 있습니다. 아무래도 고전을 혼자 읽기 어려우니, 전문가가 고전을 풀이해 준 거지요. 옛날에는 이런 책이 별로 없었습니다. 무조건 원저를 읽어야 한다는 원칙이 있었어요. 어리석은 생각입니다. 고전을 너무 신성한 것으로 여긴 까닭도 있습니다. 사실 고전을 읽다 보면, 오늘과의 관련성이 적어 굳이 읽지 않아도 되는 대목도 있습니다. 그런 대목이 더 어렵기도 하지요. 전문가가 그런 부분은 빼고 고갱이에 해당하는 대목만 설명해 줍니다. 이런 책은 고전을 간략하게 요약한 글을 모아 놓은 책과는 다릅니다. 대학에서 전문가가 한 학기 동안 그 책을 강의한 결과를 책으로 냈다고 보면 됩니다.

이런 책은 흔히 중요한 구절을 번역해 싣고, 이를 해설한 글이 따라붙는 형식으로 되어 있습니다. 문학 고전은 이런 식으로 접근하기 어렵지만 인문학에 해당하는 고전은 충분히 가능하지요. 그래서 고전 해설서가 나온 거고요. 일단은 성인을 대상으로 한 고전 해설서가 많지만, 잘 찾아보면 청소년을 위해 펴낸 고전 해설서도 제법 됩니다. 이런 책을 읽으면 그 고전을 한눈에 파악할 수 있습니다. 어떤 게 중요하고 가치 있고, 그것이 오늘 우리에게 주는 의미는 무엇인지 잘 드러나 있기 때문입니다. 누구나 다 읽어 보아야 한다지만, 정작 읽기 어려운 인문학 고전은 이런 해설서를 먼저 읽어 보기 바랍니다. 조심할 것은, 이런 류의 책을 읽고 마치 고전을 다 읽은 것처럼 여겨서는 안 된다는 겁니다. 어디까지나 고전을 풀이한 지은이의 가치관이 반영된 책인지라, 일정한 한계가 있게 마련입니다. 직접 그 고전을 읽으면 전혀 다른 의미를 찾을 수도 있다는 뜻입니다. 징검다리라고 한 이유도 여기에 있지요. 해설서를 읽어 보고, 나중에 그 고전을 직접 읽어 보길 권합니다.

더불어 권하고 싶은 것이 겹쳐 읽기입니다. 한 권의 고전을 이해하는 방법으로 같은 주제를 다룬 다른 책을 함께 읽어 보는 겁니다. 이른바 비판적인 읽기를 가능하게 하는 길입니다. 고전을 읽다 보면 전적으로 그 내용에 매달리게 마련입니다. 이해하기 급급한 면도 있고, 전개 방식이나 수사학이 뛰어나 책에 빠져 버리기에 십상이지요. 그러다 보면 책은 이해하지만, 이 책의 한계는 무엇인지 잘 알 수 없을 적이 있습니다. 아직 지적으로 성숙하지 못한 상황에서 스스로 이런 비판적인 독서까지 하기는 어렵습니다. 그래서 도움을 받자는 거예요. 두 권의 책을 겹쳐 읽으면 보이지 않았던 것이 보이게 되고, 그 한계와 가치에 대한 생각도 달라집니다. 오로지 이해하고 긍정하는 것에 그치지 않고 문제시하고 비판하고 대안을 제시하는 가운데 지식의 키가 훌쩍 자라게 된답니다.

역시 이 책에 실린 내용을 바탕으로 구체적인 예를 들어 볼게요. 대니얼 디포가 쓴 『로빈슨 크루소』는 정말 재미있는 소설이지요. 오랫동안 어린이용 책으로 읽혀 온 이유이기도 해요. 노파심에서 하는 말이지만 동화로 『로빈슨 크루소』를 읽었다고 해서 다시 읽지 않으면 안 됩니다. 전편을 다시 읽어 보면 얼개는 비슷하지만 빠진 내용이 제법 된다는 것을 알 수 있을 거예요. 아무튼 어린이가 읽는 모험소설로만 알았던 『로빈슨 크루소』를 꼼꼼하게 읽으면 대단히 다른 의미가 있다는 점을 눈치채게 됩니다. 기본적으로 이 소설은 근대인의 탄생을 예고하지요. 합리적인 판단을 하면 얼마든지 혼자서도 살 수 있는 인물로 로빈스 크루소를 설정했기 때문이에요. 그리고 로빈슨 크루소가 프라이데이를 하인으로 삼고, 원주민을 문명화하려 했던 계획은 상당한 논란거리이지요. 그러니까 이 소설의 열쇠 말은 합리성, 독자성, 서구 우월주의, 청교도주의라고 보면 됩니다. 그런데 이런 사항이 어떤 문제점이 있는지 청소년은 알 수 없을 수도 있어요.

이런 점을 비판적으로 해석하고 새로운 글쓰기에 도전한 책이 바로 미셸 투르니에의 『방드르디, 태평양의 끝』입니다. 이 작품은 『로빈슨 크루소』에 대한 철저한 거꾸로 쓰기이지요. 원작과 달리 하인인 방드르디가 주인공이에요. 그리고 로빈슨 크루소가 오히려 그에게 영향을 받는 것으로 되어 있어요. 작품을 읽다 보면 서구적 근대성에 대한 반성과 저항을 자연스럽게 느낄 수 있습니다. 두 작품을 겹쳐 읽으면 고전 작품이 안고 있는 문제점을 자연스럽게 이해하고 비판적 관점을 얻을 수 있답니다.

이제 함께 고전이라는 넓디넓은 바다로 나아가 봅시다. 이 책이 나침반 역할을 해 줄 겁니다. 그래서 인류의 지성들이 여러분에게 일러 주고 싶었던 그 무엇을 꼭 찾아내길 바랍니다. 이 과정을 잘 마치면, 여러분은 읽는 사람에서 쓰는 사람으로 변화하고 성장할 겁니다. 한낱 애벌레가 나비로 화려하게 변신하듯 말입니다!

깊이
읽기
_문학

1부

맞다. 이 모험은 단지 삶 그 자체의 권태로움을 잊기 위한 것이 아니다.
그것은, 진정한 자유를 찾아 나선 대장정이다.
'니거'인 짐이, 일상의 포충망에 꼼짝없이 사로잡혀 있는 내가,
자유를 되찾을 수 있는 곳,
바로 그곳을 향해 우리의 보잘것없는 뗏목이 흔들, 흔들 떠가는 것이다.
그러므로 이 모험의 종착지는 있을 수 없다.

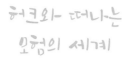
허크와 떠나는
모험의 세계

마크 트웨인의 『허클베리 핀의 모험』

학창 시절, 방학이 되면 입을 하나라도 줄여야 하는 절박한 사정 때문에 나는 외가에 '유배'되곤 했다. 지금이야 승용차로 서너 시간 정도 달리면 되는 거리지만, 그때는 기차를 타고 가다 버스로 갈아타고, 그리고도 한참 걸어야 도착하는 외진 시골 마을이었다. 내가 중학생이 되도록 등잔불을 켰던 외가는, 1970년대의 그 위풍당당한 새마을운동에도 초가지붕을 헐지 않았다. 이유는 간단했다. 가난해서 그랬다. 그러니 내 유배 생활이 얼마나 궁핍했겠는가.

　그때 이미 시골에서는 내 또래 아이들을 찾기 어려웠고, 그래서 나는 늘 혼자였다(고독하지 않은 유배란 없는 법이다). 심심해서

지게 작대기를 들고 빨랫줄에 앉아 있는 잠자리를 '일망타진'하기도 했고, 어쭙잖은 장난감을 가지고 놀다 침을 흘리며 마룻바닥에 누워 잠이 들곤 했다. 그런 권태스러운 유배 생활이 일대 전환점을 맞이한 것은, 먼지가 켜켜이 앉은 지도책을 우연히 발견하면서였다.

시골에 읽을 만한 책이라고는 외삼촌이 버리고 간 낡은 교과서뿐이었다. 국어책이나 국사책은 이미 읽어 버린 지 오래였기에 나는 읽을거리에 굶주려 있었다. 그때 바로 지도책을 찾은 것이다. 지도책을 봄과 동시에 잠들어 있던 나의 원시성은, 마치 화산이 터지듯, 분출하기 시작했다. 상상해 보라, 광활한 대륙과 짙푸른 대양의 세계가 그려진 총천연색 지도책을(그때는 텔레비전도 흑백이었으니, 총천연색 책을 본다는 것은 흔한 일이 아니었다)!

나는 분명 내 귀에 들려오는 북소리를 들었다. 저 어딘가에서 들려오는, 시원*에의 부름 소리를. 순간, 꺾여 있던 상상의 날개가 한껏 펴지며, 나는 내 몸이 가벼워짐을 느꼈다. 나는 내 심장의 거친 박동 소리를 들으며 모험을 나섰다. 지도에 내 영혼이 지나간 흔적을 연필로 남기며, 나는 북으로, 다시 남으로, 그러다 행선지를 바꿔 동으로, 다시 서쪽으로 정처 없이 떠났다. 출발점은 물론 지도에 나오지 않은 외가였지만, 내가 지나가는 곳은 늘

시원(始原): 사물, 현상 따위가 시작되는 처음

유명한 도시였다. 때로는 과객過客으로, 때로는 승전의 기쁨에 젖은 정복자로 나의 모험은 수많은 이야기를 만들며 계속됐다(그 이야기는 일련의 모험소설에서 따왔으며, 모험이 계속되면서는 '혼성 모방' 단계를 거쳐 독창성을 갖기에 이르렀다). 지금 생각해 보면, 그 여행은 실로 위험하기도 했다. 왜냐하면 국가에 신고하지도 않고 북한을 방문했으며, 중국과 소련을 거쳐 유럽에 다다랐기 때문이다. 나는 그 시절 국가보안법 위반자였던 셈이다.

이 나이가 다 되도록 모험소설을 즐기는 이유가 바로 거기에 있다. 그 시절 지도책에 의존해 떠났던 모험의 궤적에서 결코 자유롭지 못한 것이다(모험을 떠날 때 나는 외롭지 않았다). 마크 트웨인의 선집이 나왔다는 소식을 귓전으로 흘려보낼 내가 아니다. 마크 트웨인이 누구던가. 『톰 소여의 모험』과 『허클베리 핀의 모험』으로 내 어린 시절 관념의 모험에 불을 붙인 작가가 아니던가. 추억의 곳간에 가둬 놓은 그 감동과 기쁨을 곱씹기 위해 『허클베리 핀의 모험』(김욱동 옮김, 민음사 펴냄)을 손에 들었다. 다시 나는, 모험을 떠나게 되었다.

자유를 찾아 떠난 '대장정'

허크는 나를 유혹한다. "사는 게 지루하고 따분하니 뭔가 신나

는 일을 한바탕 해 보고 싶지 않니?" 나는 이미 유혹당할 준비가
돼 있었던가. 이 한마디 말에 이끌려 유유히 흐르는 미시시피강
의 물결을 따라 흘러가는 뗏목에 올라탔다. 동승한 사람은 허크
와 짐. 그 둘은 모두 도망자다. 아니, 우리 셋은 모두 도망자다.
허크는 아버지의 폭력과 문명사회를 거부했고, 짐은 노예 생활
에서, 그리고 나는 일상의 덫에서 뛰쳐나왔다. "우리는 빈둥거리
며 고요에 귀를 기울이며 하루를 보냈다." 그러곤 뗏목 위에 벌
렁 누워 하늘을 우러러보며, 저 별들은 누가 만들었냐고 물었다.
짐은 달이 낳았다고 말했고, 허크는 저절로 생겼다고 우겼다. 그
러다 별똥별이 떨어지니까 짐이 말했다. "그 별은 버릇이 나빠
보금자리에서 밀려난 거야." 우리는 까르르 웃으며 그 말이 맞는
것 같다고 고개를 주억거렸다.

그러나 어찌 기쁨만이 있으랴. 잔잔했던 강물이 불현듯 급류
로 탈바꿈하고, 날씨가 평온했다가도 갑자기 천둥 번개가 치며
폭풍이 불었다. 내심 기대했던 모험이 펼쳐지며 허크의 기지와
짐의 헌신적인 노력으로 모든 난관을 극복해 나갔다.

나는 모험을 함께하며 줄곧 허크와 로빈슨 크루소를 비교했
다. 그 둘 사이에 어떤 차이점이 있을까 하고 생각해 본 것이다.
그러다 하나의 답을 찾아냈다. 로빈슨 크루소가, 속편을 포함해,
주로 다른 대륙으로 떠나는 모험을 즐겼다면(거기서 풍겨 나오는
제국주의의 음험한 냄새!), 허크의 모험은 내륙 여행이었다. 로빈슨

의 모험이 외향적이라면, 허크의 모험은 내향적인 것이다. 이 내향성은 무엇을 뜻하는가. 그것은, 내향성이란 말이 풍기는 분위기와 어울려, 반성 또는 성찰이 아닐까 싶었다. 모험 중에 겪게 되는 허크의 심정 변화를 옆에서 줄곧 관찰하며, 나는 그것이 흑백 인종 간의 화해 가능성이 아니겠는가 하는 생각을 품게 됐다. 그러므로, 실로, 허크는 당대의 지배적 가치관에 맞서는 위험한 모험을 하고 있는 것이다.

입이 간질간질한 나는 허크에게 이렇게 물어봤다.

나: 허크야, 우리의 목적지는 어디지?
허크: 그야 짐이 노예 상태에서 벗어나 자유로워질 수 있는
곳까지지.

맞다. 이 모험은 단지 삶 그 자체의 권태로움을 잊기 위한 것이 아니다. 그것은, 진정한 자유를 찾아 나선 대장정이다. '니거*'인 짐이, 일상의 포충망에 꼼짝없이 사로잡혀 있는 내가, 자유를 되찾을 수 있는 곳, 바로 그곳을 향해 우리의 보잘것없는 뗏목이 흔들, 흔들 떠가는 것이다. 그러므로 이 모험의 종착지는 있을 수 없다. 하나의 모험이 끝나면 다시 또 다른 모험을 시작해야 한다.

니거(Nigger): 주로 영어권에서 일반적으로 흑인을 경멸하여 부르는 말

우리가 얻은 자유는 언제나 완벽할 수 없기 때문이다. 그래서 다시 떠나야 하는 것이다.

"자, 이제 더 이상 쓸 이야기라고는 아무것도 없습니다. 그것이 나에게는 무엇보다도 기쁩니다. 그 까닭은 만일 책을 쓴다는 것이 이렇게도 귀찮은 일인지 미리 알았더라면, 나는 아마 이 일에 덤벼들지 않았을 것이고, 두 번 다시는 이런 일을 하려고도 하지 않을 겁니다. 그러나 나는 나머지 사람들보다 앞서 인디언 부락으로 떠나지 않으면 안 되겠다는 생각이 들었습니다. 왜냐하면 샐리 아줌마가 나를 양자로 삼아 '교양 있는' 사람으로 만들려 하고 있고, 나는 그 일을 도저히 참을 수 없었기 때문이지요. 그 일이라면 전에도 한 번 해 본 적이 있으니 말입니다."

허크가 이 소설의 맨 끝에서 한 말이다.

미국 문학사의 '링컨'

고전한 책 깊이 읽기

이제 나는 허크의 뗏목에서 내려야만 한다. 허크와 짐과 함께한 흥미진진한 모험이 일단 막을 내렸기 때문이다. 탈출한 노예

026

를 찾는 사람들이 다가왔을 때 짐을 가리켜 천연두에 걸린 아버지라고 해 위기를 벗어난 일, 기선汽船에 뗏목이 부서져 표류하다 만난 그렌저포드가家에서 보낸 나날들, 가짜 공작과 왕이 벌이는 온갖 사기 행각과 그들의 몰락, 그리고 모험의 마지막에 나타난 톰 소여 때문에 겪어야 했던 어처구니없는 탈주극 등등.

이 모험에서 받은 감동은 나만의 것이 아니다. 헤밍웨이는 "모든 미국 현대문학은 마크 트웨인의 『허클베리 핀의 모험』에서 출발했다."고 했으며 동시대의 비평가 윌리엄 하워스는 마크 트웨인을 가리켜 "미국 문학사의 링컨 같은 존재"라고 평하지 않았는가. 그러나 발표 당시 이 작품은 도서관에서 추방됐다고 한다. 이유인즉슨, 작품의 내용과 주인공이 반사회적 경향을 띠고 있고, 문법적으로도 틀린 문장과 속어가 자주 사용돼 교육적으로 적합하지 않다는 것이었다. 이 같은 수난은 1980년대에 다른 형태로 나타난다. 흑인 학교에서 이 작품에 흑인을 멸시해 부르는 '니거'라는 표현이 많이 쓰인 점을 중시, 인종차별적인 작품으로 지목해 추천 목록에서 빼 버렸다. 하지만 이 같은 세속적 반응은 모두 헛된 것이다. 허크의 모험은, 앞서서 말했듯 보편적인 의미의 자유 찾기가 그 목적이었기 때문이다. 현실에서 쓰는 구어체를 썼다고 해서 차별이라고 비판하는 것은 무리다. 더욱이 그런 단점이 있다면 읽는 이들이 자유롭게 비판하면 되지 읽어서는 안 되는 책인 양하는 것은 적절하지 못하다.

덧붙이는 말 한마디. 이 작품을 읽으면서 나는 놀라운 사실 하나를 발견했다. 그것은 조연급에 해당하는 톰 소여의 행동이다. 톰은 자신이 읽은 탐험소설과 해적 이야기에 등장하는 내용을 흉내 내 갱단을 조직하고 약탈 행위를 계획한다(당연하지만, 그것은 실현되지 못한다). 그리고 이야기의 마지막 부분에서는 짐이 해방됐다는 사실을 숨기고 역시 책에서 본 대로 탈옥 계획을 세워 짐을 탈출시킨다(그 덕에 톰은 총상을 입게 된다). 이 일련의 행동은 르네 지라르가 『낭만적 거짓과 소설적 진실』에서 말한 욕망의 삼각형 구도에 그대로 들어맞는다. 내용인즉, 돈키호테는 기사 소설을 읽고 이를 흉내 냈고, 보바리 부인은 삼류 소설과 잡지에 나온 사교계의 여왕을 본뜨려 했다는 것이다. 우리는 남의 욕망을 욕망하는 법이다. 내 기억으로는 지라르의 논증에 『허클베리 핀의 모험』이 들어가지 않은 것으로 아는데, 이 작품을 추가한다면, 그 논증이 풍요로워질 것이라는 생각이 들었다.

아련히 떠오르는
다락방의 추억

아서 코넌 도일의 『설록 홈즈 전집』

어릴 적에는 참 이사도 많이 다녔다. 부모님에게는 이사하는 것이 불편하고, 마음 아픈 일이었으리라. 그러나 철없는 어린아이에게 이사는 즐거운 일이 되기도 했다. 이사가 즐거웠던 이유 가운데 하나는 장롱 밑에 들어간 동전을 찾을 수 있어서였다. 먼지 구덩이에서 동전을 주울 때의 기쁨이라니. 그것도 여전히 광택을 잃지 않은 새 동전을 만났을 때의 희열은 말로 표현할 수 없었다.

다락방에는 또 얼마나 많은 추억이 담겨 있던가. 다락방은, 비유하자면, 낡은 사진첩 같은 곳이다. 하지만 그 사진첩을 들춰 보면 찍은 지 얼마 되지 않은 총천연색 사진이 끼여 있기 마련이다. 허섭스레기를 올려놓은 다락방은, 그래서 어린 영혼들에게는 보

깊이 읽기 / 문학

물 창고였다. 켜켜이 쌓여 있는 잡동사니 가운데 당장 쓸 수 있는
온전한 물건이 있을 때의 환희라니. 이 역시 말로 표현할 수 없는
것이었다. 아서 코넌 도일의 『셜록 홈즈 전집』(백영미 옮김, 황금가
지 펴냄)을 읽으면서 떠올린 것은, 엉뚱하게도, 어린 시절 이사 갈
때의 즐거움과 다락방에 얽힌 추억이었다. 그만큼 셜록 홈스는
어릴 적의 독서 경험과 관련이 있고, 아련한 그 무엇과 맞닿아 있
다. 언제 처음으로 셜록 홈스를 읽었는지는 기억나지 않지만, 셜
록 홈스는 분명 내 어린 시절의 영웅이었다. 이것은 내 개인사에
서 상당히 중요한 대목이다. 영웅이라 하면, 운명을 거부하고 새
로운 삶을 열기 위해 장렬한 최후를 기꺼이 맞이하는 이들이다.
그러나 나는, 가진 것이라고는 뛰어난 추리력밖에 없는 지극히
냉소적인 사립 탐정을 영웅으로 맞이했다. 태생적으로 이지적인
것을 선호한 것인데, 세상에 나가 큰일을 이루기에는 애초부터
그릇이 작았다는 뜻이기도 하다.

　오래전에 깊은 인상을 받았던 책을 다시 읽는 것은, 추억의 여
인을 만나는 것과 같다. 그것은 얼마나 두려운 일인가. 차라리 만
나지 않았더라면, 아름다운 추억만은 훼손되지 않을 테니까. 그
런 두려움을 마음 한편에 안고 읽은 『셜록 홈즈 전집』은, 그러나
나를 실망시키지 않았다. 그는 여전히 건재했으며 지금도 나의
영웅이 될 만했다. 셜록 홈스가 세월의 무상함을 견뎌 낸 것은,
여전히 빛바래지 않은 수사修辭와 비유의 힘에 있었다. "삶의 무

채색 실꾸러미 속에, 주홍빛 살인의 혈맥이 면면히 흐르고 있어요. 우리가 할 일은 그 실꾸리를 풀어서 살인의 혈맥을 찾아내어 그것을 가차 없이 드러내는 것입니다."라든지 "더 높으신 판관께서 그 사건을 맡으셨고, 제퍼슨 호프는 준엄한 심판이 내려질 하늘의 법정으로 소환당했다." 등이 대표적인 예다.

만약 셜록 홈스와 뤼팽이 맞대결을 벌이면 누가 이길까. 어릴 적 손에 땀을 쥐며 읽은 추리소설 가운데 이를 주제로 삼은 책이 있었다. 셜록 홈스가 마침내 뤼팽을 잡았는데, 뤼팽은 홈스의 명민함을 인정하고는 탈출에 성공했다. 『아르센 뤼팽 전집』도 출간된다는 소식을 들으니 그 허탈했던 마음마저 떠올라 겸연쩍게 웃지 않을 수 없었다.

진실이 나를
파멸시킬지라도

소포클레스의 『오이디푸스왕 외』

소포클레스의 비극은 대학 시절 읽고 상당히 충격을 받아 깊이 고민했던 책이다. 얼마 전 『오이디푸스왕 외』(김기영 옮김, 을유문화사 펴냄)를 다시 읽어 보았다. 역시 고전은 늘 새롭게 번역되어야 한다. 잘 읽혔고 내용 전달도 좋았다. 반 농담 삼아 하는 말이지만, 고전이 어려운 이유는 번역이 잘 안 되어서다. 전문가를 위한 주석 달린 번역이 아닌 마당에야 우리말로 충분히 즐기고 이해할 수 있는 번역을 해야 마땅하다.

김기영의 번역본에는 세 편의 비극이 실렸다. 제목은 『오이디푸스왕 외』로 되어 있는데 「안티고네」, 「오이디푸스왕」, 「콜로노스의 오이디푸스」순으로 실렸다. 발표순으로 편집한 모양인데,

각기 독립된 작품이면서도 연관성이 있는지라 「오이디푸스왕」을 먼저 읽고, 「안티고네」를 맨 마지막에 읽어야 이해가 잘 된다.

「오이디푸스왕」의 내용은 널리 알려졌다. 그 아이가 아비를 죽이고 어미를 취할 거라는 끔찍한 신탁이 있었다. 지독한 운명의 덫에서 벗어나기 위한 몸부림이 있었다. 사람이 할 수 있는 일은 다했다고 말할 수 있으리라. 그런데 결과는? 신의 뜻에서 벗어날 수 있는 이는 없다. 이 점에 방점을 두고 이 작품을 읽으면 인간의 비극성이 도드라진다. 우리에게는 운명이 있고, 이에 대적해 보아야 소용없다는 말만큼이나 비극적인 게 어디 있겠는가. 분명히 그런 면도 있을 터다. 그러나 오이디푸스의 말과 행동을 유심히 살펴보면 꼭 그렇지만은 않다는 사실을 발견한다.

오이디푸스는 자신의 출생에 얽힌 비밀과 성장 과정에 대해 집요하게 객관적 진실을 추구한다. 극의 여러 곳에서 그런 오이디푸스를 제지하는 장면이 나온다. 어머니이자 아내인 이오카스테가 그러했고, 어린 그를 죽이는 대신 살렸던 양치기가 그랬다. 그것이 설혹 자신을 파멸시키더라도 진실을 알아내겠다는 정신은 위대하다. 옮긴 이가 이를 일러 "그리스 합리주의 정신을 구현한다."고 평가한 이유이기도 하다. 더욱이 오이디푸스는 모든 것이 까발려지자 고의로 한 일이 아니니 죄 없다 하지 않고, 자신이 저지른 행위에 책임을 지기 위해 두 눈을 찔러 멀게 한다. 번역자의 지적대로 이때 비로소 오이디푸스는 "가혹한 운명의 희생자에서 벗어나, 자신의 운명을 스스로 결정하는 위대한 영웅"이 된다.

「안티고네」도 많은 것을 생각하게 한다. 「안티고네」는 왕위 계승의 기회를 놓친 폴리네이케스가 연합군을 데리고 테베를 침공했다 실패한 내용을 배경으로 한다. 이 전투에서 형에 맞선 에테오클레스도 전사한다. 오이디푸스의 뒤를 이어 왕위에 오른 크레온은 에테오클레스의 장례를 치러 주면서도 반역자인 폴리네이케스의 매장을 금하는 포고령을 내린다. 두 사람의 누이인 안티고네가 왕의 명령을 어기고 큰 오라버니를 땅에 묻으려 하다 적발된다. 기실 크레온은 안티고네의 외삼촌이다. 그리고 시아버지가 될 사이였다. 그럼에도 자신의 명령을 어긴 안티고네에게 형벌을 가한다. 이 비극은 그러니까 혈족의 관습과 국가의 법이 충돌하는 장면을 드라마틱하게 그려 내고 있는 셈이다.

흥미로운 것은 코러스가 부르는 노래에 "고집 센 자기 성깔이 그대를 파멸시켰구나."라는 구절이 있다는 점이다. 당연히 안티고네에게 하는 말이다. 「오이디푸스왕」에는 "무릇 적절함을 지키는 게 훌륭한 일이오."라는 구절이 나온다. 안티고네의 저항은 크레온 집안의 몰락을 가져온다. 그러나 오직 안티고네가 잘못했다고는 말할 수 없다. 그럼에도 그리스 비극은 우리에게 중용의 가치를 역설하는 것이 아닌가 하는 생각을 하도록 이끈다. 어디로 치우치지 않고 중심을 잡아 가는 삶이라는 것이 얼마나 힘들던가. 이런 의미로 「안티고네」를 읽는 것도 괜찮을 듯싶다.

「콜로노스의 오이디푸스」에서는 오늘 우리에게 시사하는 내용이 나온다. 아테네가 이방인인 오이디푸스의 망명을 받아들여 주는 대목이 그것이다. 쉽지 않은 일이다. 이방인인 데다 저주받은 사람 아니던가. 그럼에도 다양성과 이질성을 존중하는 관용의 도시 아테네는 그를 받아들였다. 그 대가로 아테네는 복을 받는다. 오이디푸스가 아테네를 이롭게 할 비밀을 테세우스에게 일러 주고 신의 부름을 받기 때문이다. 다문화 사회로 가는 우리에게 이 일화보다 더 중요한 것이 어디 있겠는가. 이래서 고전은 늘 새로, 다시 읽어 보아야 하는 법이다.

'헛똑똑이' 햄릿에게
없었던 것

윌리엄 셰익스피어의 『햄릿』

큰맘 먹고 고전을 읽을라치면, 지레 한 수 접고 들어가는 면이 있다. 이름난 학자들의 해석을 넘어서 작품을 이해할 수 있겠느냐 하는 생각이 든다는 말이다. 이래서는 작품을 흥미롭게 읽을 수 없다. 남이 이미 다 말해 놓은 것을 확인하기 위해 책 읽는 것이 얼마나 큰 고역인지 짐작할 만하다. 그렇다고 독창적으로 읽자니, 자신이 서지 않을 수도 있다. 정답만 고르는 능력을 신물 나게 키워 온지라 오독에 대한 두려움이 앞서서이리라.

그렇지만 교양으로 읽는 작품인데 설혹 오독하면 어떠냐 하는 배포가 필요하다. 중요한 것은 충분한 근거를 들어 자신만의 해석을 설명할 수 있느냐 하는 점이다. 남이 남긴 발자국을 따라가 느니, 나만의 발자국을 남기는 게 훨씬 낫다. 그런 걸음이 쌓이다 보면, 전문가 못지않은 해석 능력을 갖추게 될 터. 물리겠지만, "천 리 길도 한 걸음씩 걸어서 가 닿는다."는 속담은 이럴 때 제격이다.

남한테만 강조할 일이 아니라, 나도 한번 해 보기로 했다. 잘나서 시범을 보이겠다는 욕심은 조금도 없다. 다른 무엇보다 아류가 되기 싫어하는 성미인 데다, 이런 식이 아니고서는 고전을 읽을 이유를 찾기 어려워서다. 이번에 택한 작품은 그 유명한 『햄릿』(김정환 옮김, 아침이슬 펴냄). 이름난 학자들이 온갖 화려한 이론으로 작품을 치밀하게 분석해 끼어들 틈이 조금도 없어 보인다. 반복하는 말이지만, 그러니 도전해 볼 만하다 여긴 것이다.

익히 알려졌다시피, 『햄릿』은 셰익스피어의 작품 가운데 가장 길다. 거기다 상당 부분이 햄릿의 대사로 채워져 있다. 이렇다 보니, 다른 인물들에 관심을 기울일 틈이 없다. 햄릿이야말로 얼마나 문제적인 인물이던가. 여기에만 초점을 맞춰도 이 작품의 주제나 상징성 따위를 읽어 내기 벅찰 수밖에 없다. 널리 알려진 것이 그가 내뱉은 말, 그러니까 "죽느냐 사느냐"로 상징되는 유약하고 고뇌하는 인물형으로 햄릿을 돋을새김하는 것이다. 그런데 나는 이러한 유의 해석에 저항감이 든다. 정말, 다르게 읽고 싶은 것이다.

셰익스피어의 다른 작품을 보더라도 유령이 차지하는 비중이 높다. 이는 셰익스피어가 주술의 세계에서 합리성의 세계로 넘어오는 시대에 놓여 있다는 것을 뜻한다. 여전히 주술성이 강한 영향력을 발휘하는 시대에 유령이 한 말은 영향력이 클 수밖에 없다. 그렇다고 유령의 말을 무조건 믿을 수는 없다. 합리성의 세계에도 한 발 들여놓은 햄릿의 처지에서 보자면, 그것은 악마의 계략일 수도 있다. 확인하고 싶었을 것이고, 그래서 극중극*을 꾸몄던 것이리라. 더욱이 주술성에서 벗어나지 못한 햄릿이 기도하는 클로디어스를 죽일 수는 없는 노릇이다. 유령으로 나타난 아버지가 한스러워한 것 가운데 하나가 죄를 회개할 시간 없이 갑자기 죽은 것이라 하지 않았던가. 이번에는 반대의 경우다. 원수가 구원받을 기회를 줄 수는 없다. 문제는 과연 클로디어스가 기도하고 있었느냐 하는 점이다. 지문을 보면 분명히 무릎을 꿇고 있었으나, 죄에 대한 중압감 때문에 제대로 기도하지 못한 것으로 해석할 수 있는 대사가 나온다. 죽이지 못한 것이 문제가 아니라, 제대로 알지 못한 것이 문제일 수 있다. 햄릿은 '헛똑똑이'였다.

작품을 읽으면서 이런 상상을 해 보았다. 내가 만약 작가라면, 말 많은 햄릿을 통해서만 작품의 주제 의식을 담으려 하지는 않겠다 싶었다. 그러면 너무 쉬워지지 않겠는가. 극히 비중이 낮은

극중극: 연극 속에서 이루어지는 또 하나의 연극

고전 한 책 깊이 읽기

인물을 통해 정작 말하고 싶은 것을 전달할 수도 있을 터. 그래서 찾아보니, 노르웨이의 왕자 포틴브라스가 눈에 띄었다. 이 인물은 『햄릿』의 앞부분에서 언급된다. 하룻강아지 범 무서운 줄 모르고 덴마크 왕에게 도전장을 냈다. 특사가 파견되고, 덴마크 왕에 대한 무력시위를 접고 대신 폴란드를 공격하기로 했다.

『햄릿』은 따지고 보면, 궁중 암투극이다. 권력을 둘러싸고 빚어진 전형적인 비극을 다룬다. 그래서 작품 말미에 보면 주요 인물이 다 죽는다. 형을 죽이고 왕좌에 오른 클로디어스가 계략을 짰다. 그 결과 가장 먼저 왕비가 독이 든 포도주를 마시고 죽어간다. 햄릿과 레어티스는 독이 묻은 칼로 상대방에게 상해를 입혔다. 이 사실이 폭로되면서 햄릿이 클로디어스를 죽인다(드디어, 복수를 한 것이다!). 보석과 비단으로 치장되었을 궁정의 한 장소가 유혈이 낭자하고 시신이 뒹구는 장면으로 뒤덮인다. 그렇다면, 이제 과연 누구에게 권력이 넘어갈 것인가. 그 답을 햄릿이 알고 있었다. 햄릿이 차기 왕으로 지목하는 이가 바로 포틴브라스다.

햄릿은 궁극에 왕위를 되찾아야 했다. 복수는 한 과정일 뿐이다. 그런데 복수는 하지만 죽어 버려 왕의 자리에는 못 올랐다. 그 이유가 어디에 있는지 알려면, 『햄릿』의 포틴브라스 인물평을 꼼꼼하게 분석해야 한다. 자기에게 부족한 부분을 외려 충만하게 확보한 사람을 칭찬하게 마련이다. 햄릿은 말한다.

"섬세하고 젊은 왕자가 이끌고 있는데, / 그의 영혼은 신성한 야망에 고취되어 / 예견할 수 없는 결과 따위야 경멸해 버리고, / 드러내 버린다. 필멸 인간적이고 불확실한 것을, / 운명, 죽음, 그리고 위험이 감행하는 일체에 맞서서, / 심지어 계란 껍질 한 개 때문에라도. 맞아, 위대하다는 것은 / 위대한 명분 없이는 움직이지 않는 게 아니라, / 지푸라기 하나를 놓고도 위대하게 싸우는 거다, / 명예가 걸려 있다면."

이 구절을 읽으면 햄릿에게 결여되었던 것이 무엇인지 알 수 있다. 그는 위대하게 싸울 줄 몰랐다. 결국, 권력은 그럴 줄 아는 사람이 장악하는 법. 그렇다면, 햄릿에 대한 전통적인 해석에 크게 어긋나지 않으면서도, 새롭게 이 작품을 보는 작은 길이 열렸다 할 수 있지 않을까 싶다. 오독인지 몰라 불안하다고? 시쳇말로, 왜 그러시나, 아마추어처럼. 그럴 때는 이렇게 '방백*'하면 된다. "아니면, 말고!"

방백: 연극에서, 등장인물이 말을 하지만 무대 위의 다른 인물에게는 들리지 않고 관객만 들을 수 있는 것으로 약속되어 있는 대사

어느새 창조주가 된 인간

요한 볼프강 폰 괴테의 『파우스트』

신은 너무나 쉽게 악마에게 그 사람을 넘겼다. 그의 진실한 믿음을 보건대, 결코 자신을 배반할 리 없다고 여겼던 것이리라. 어찌하였든, 그는 먹잇감으로 내던져졌다. 이미 비극은 시작된 것이다. 신실하기에 시험당해야 했던 욥의 일대기는 일견 어처구니없기도 하다. 만약 그가 회의하고, 배반하고, 떠난 자였다면 한 인간으로서 감내하기 어려운 시련을 겪었을 리 없다. 그러기에 평소 주께서 가르쳐 준 기도문을 외워야 하는 법이다. "우리를 시험에 들게 하지 마시고, 악에서 구하시옵소서."

여기 또 악마의 손에 넘겨진 문제의 인물이 있다. 파우스트 박사. 말하자면, 책을 신성한 샘물로 여겨 거기서 퍼 올린 한 모금의 물로 지적 갈증을 해갈하던 '책상물림'이었다. 그러나 파우스트는 욥과 다르다. 주께서 이르시길, "그가 지금은 혼미한 가운데 나를 섬긴다 할지라도"라고 했기 때문이다. 신의 품은 넓었다. 확신의 믿음만 격려한 것이 아니라 의혹의 신앙도 높이 쳐준 것이다. 어차피 "노력하는 한 방황하는 법"이어서 그랬을 것이다. 주는 메피스토펠레스에게 말한다. "머지않아 나는 그를 명료한 곳으로 인도할 것이로다."라고. 악마는 주의 말씀에 "아멘."이라 응답하지 않는 법이다. 대거리를 늘어놓았다. "당신이 내게 허락만 해 준다면, 그자를 나의 길로 슬쩍 끌고 가리다!"라고. 괴테의 『파우스트』(이인웅 옮김, 문학동네 펴냄)는 이렇게 시작한다.

분명, 파우스트는 잠들기 전에 주기도문을 외우지 않았을 터다. 주께서 악마에게 대답하셨다. "그가 지상에 살고 있는 동안에는, 네가 무슨 일을 하든 금하지 않겠노라." 파우스트는 이제 문학사의 욥이 되고 말았다. 그렇다면 그에게 무시무시한 고통과 환란이 준비되어 있는가. 문학이 성경 같을 리가 있겠는가. 그를 위해 마련된 것은 쾌락과 향락이다. 비록 그것이 타락의 대가일지라도.

파우스트는 지적으로 파산한 학자다. 철학에서 법학을 거쳐 의학과 신학까지 두루 섭렵했지만, "아무것도 알 수 없다는 것만 알게 되"고 말았다. 삽살개로 변신한 메피스토펠레스가 유혹의 손길을 뻗은 것이 바로 이때다. 파우스트의 종이 되어 "인생의 발길을 옮"기게 해 주는 대신, 저승에서는 그 역할을 바꾼다는 조건으로 계약을 맺었다. 파우스트는 외친다. "약속은 약속이다! 내가 순간을 향하여, '멈추어라! 너 정말 아름답구나!' 하고 말을 한다면, 너는 나를 꽁꽁 묶어도 좋다!"

여기서 우리는 새로운 인간형의 탄생을 예감한다. 욕망 충족을 위해서라면, 영혼도 팔겠다는 강한 의지를 볼 수 있기 때문이다. 더욱이 "네가 우선 이 세상을 산산조각 때려 부순다면, 그다음 어떤 다른 세상이 생겨나도 상관없다."는 파우스트의 외침에서 중세적 세계관에서 완전히 떨어져 나온 근대성의 싹을 엿보게 된다.

향락의 길에 접어들기에 파우스트는 너무 늙었다. 마녀의 약을 마시고 젊음을 되찾고, 마가레테에게 연심을 품는다. 선남선녀의 만남에는 설렘의 물결이 일어나게 마련이다. 그러나 잊지 말아야 한다. 악마의 도움으로 얻은 과일에는 독이 들어 있는 법이다. 마가레테는 임신하게 되고, 그녀의 오빠는 파우스트와 메피스토펠레스의 칼에 찔려 즉사한다. 어머니는 그녀가 준 수면제 탓에 죽고, 아이는 태어나자마자 마가레테에게 살해당한다. 뒤늦게 마가레테가 감옥에 갇혔다는 사실을 안 파우스트가 그녀를 탈옥시키려 하지만, 뜻을 이루지 못한다. 제1부의 무대는 개인적인 영역에서 펼쳐진 욕망의 편력이다.

2부에 이르러 파우스트의 무대는 공적 영역으로 확대된다. 메피스토펠레스와 짝패가 되어 궁정에 나타난다. 재정난에 놓인 황제를 도와준답시고 땅속에 매장되어 있을 황금과 진주를 담보로 지폐를 발행하도록 부추긴다. 파우스트에게는 중대한 임무가 내려진다. 황제가 헬레네와 파리스의 영혼을 불러내라고 채근한 것이다. 메피스토펠레스에게 그 방법을 전해 들은 파우스트는 마침내 모험을 강행하고, 두 사람의 영혼을 데려오는 데 성공한다. 향로에서 피어오른 연기 속에 나타난 헬레네에게 정작 반한 이는 파우스트다. 그녀를 잡으려다 유령들은 사라지고 파우스트는 기절하고 만다. 제2부 첫 막이 여기서 내려진다.

두 번째 막에는 파우스트의 조수인 바그너가 만든 인간이 등장한다. 이름하여 호문쿨루스. 복제 인간 출현의 가능성을 걱정하는 오늘의 시점에서 보면 상당히 놀라운 예지력이다. 18세기 문학작품에 신의 섭리를 거스르는 인조인간의 탄생이 그려져 있어서다. 물론, 괴테가 그린 호문쿨루스가 엄밀한 의미의 복제 인간은 아니다. 16세기에 민간요법을 개발한 의사로 알려진 파라켈수스의 학설을 참조했을 뿐이다. 2막에서는 호문쿨루스가 주도권을 장악하고 극을 이끌어 가는데, 그의 권유로 파우스트와 메피스토펠레스는 그리스에서 열리는 고전적 발푸르기스의 밤* 축제에 참여한다.

───────────

발푸르기스의 밤: 중부 유럽과 북유럽에서 4월 30일이나 5월 1일에 널리 행하는 봄의 축제

마침내 헬레네가 돌아왔다. 그녀 때문에 숱한 영웅이 에게해를 핏빛으로 물들였다. 3막의 무대는 스파르타의 궁전을 배경으로 한다. 메넬라오스왕이 제사를 준비하라고 헬레네를 먼저 보낸 것이 불찰이었다. 메피스토펠레스가 변장한 시녀장의 계교에 넘어가 헬레네는 파우스트의 가슴에 안긴다. 두 사람의 사랑이 깊어지고, 그 열매로 오이포리온이 태어난다. 그런데 이 녀석은 아무래도 이카로스의 영혼을 닮았던 모양이다. 새인 양 날아 보려다 어이없이 죽어 버렸고, 헬레네 역시 자식을 따라 사라진다. "즐거움 뒤에는 이내 무서운 슬픔이 따르는" 법이다.

"또 전쟁이로구나!" 4막에서는 1막에 나왔던 황제가 내전에 휩싸인 상황을 그렸다. 전세는 황제에게 불리하게 돌아가고 있었으니, 악의 기운을 가득 품고 있는 두 인물은 '구원투수' 격이었다. 총사령관은 "속임수로써는 결코 확고한 행복이 마련되지 않"는다고 진언했으나, 너무 늦었다. 메피스토펠레스의 수완으로 전쟁은 황제의 승리로 끝난다. 논공행상에서 파우스트는 아직은 존재하지 않는, 바다 밑에 깔려 있는 땅인 해안 지대를 챙겼다.

5막에 이르러 우리는 1부에서 그 싹을 보았던 근대성의 온전한 모습을 보게 된다. 파우스트가 "마지막이면서도 최대의 공사"를 펼치니, "수백만 명의 백성에게 땅을 마련해 주는" 간척 사업

을 벌인 것이다. 그러나 이 공사를 감독하는 이가 누구던가. 메피
스토펠레스이니, 진정한 가치조차 타락한 방법으로 이루려는 악
마다. "사람을 제물로 바쳐 피를 흘린 게 틀림없어요. 밤이면 고
통으로 울부짖는 소리가 들렸거든요."라는 바우치스의 목격담이
이를 입증한다. 이제 눈이 먼 파우스트는 무덤 파는 소리를 수로
공사하는 것으로 착각하며 천국 같은 땅을 세운 것으로 알고 죽
어 간다. 내일을 위해 오늘의 희생을 강요했던 근대적 계몽의 어
두운 그림자가 느껴지는 대목이다.

파우스트의 영혼이 끝내 신의 품에 안겼다는 점을 돋을새김하
면, 이 작품의 주제는 종교성을 띠게 된다. 이 세상에 참된 평화
는 없으며, 구원은 오로지 신의 조건 없는 사랑으로만 가능하다
는 뜻이다. 그런 점에서 파우스트의 시작은 욥을 닮았으나, 그 과
정은 신의 계시를 거부했던 요나와 유사하다. 하나, 파우스트를
근대성과 연관해 분석하면, 파우스트를 번역하고 연구서도 낸
김수용 교수의 주장대로 "계몽주의 이후 인류의 미래를 결정할
새로운 출발, 인간이 피조물이 아닌 창조주가 되어 이상적인 세
계를 건설하려는 프로젝트 모던"이 주제가 된다. 고전의 미덕은
해석의 다양성에 있다. 어디에 무게중심을 둘 것인가는 전적으
로 읽는 이의 몫이다.

불안이라는 악령에 둘러싸인 세계

프란츠 카프카의 『변신』

프란츠 카프카의 『변신』(이주동 옮김, 솔 펴냄)은 다시 읽어 보아도 충격이다.

"어느 날 아침 그레고르 잠자가 불안한 꿈에서 깨어났을 때 그는 자신이 침대 속에 한 마리의 커다란 해충으로 변해 있는 것을 발견했다."라는 첫 구절부터 그렇다. 이 일이 읽는 이에게 일어난다고 상상하면 그 충격의 강도는 더 강해진다. 『변신』의 주제는 이 첫 구절에 응축되어 있다.

기실 작품을 읽어 나가면서 도대체 왜 이런 일이 벌어졌으며, 주변에서는 어떤 반응을 보일 것이며, 어떤 식으로 끝맺음 할지 질문을 던질 가능성이 크다. 읽는 이가 던진 질문에 답을 하노라면 비의*에 둘러싸인 듯한 이 작품의 주제도 서서히 드러나게 마련이다.

나는 『변신』을 우리의 삶과 밀착해 읽을 필요가 있다고 본다. 너무 이 작품을 신비화하지 말자는 뜻이기도 하다. 『변신』을 관통하는 정조에는 불안이 있다. 얼마나 불안에 떨었으면, 꿈마저 불안했겠는가. 그레고르 잠자는 결국 불안이 몰고 온 강박증의 희생양이다. 그렇다면 그레고르 잠자가 느낀 불안이 무엇인가 해명해야 하는데, 바로 그 지점에 우리가 일상에서 느끼는 불안을 투영해 보자는 말이다. 이런 식으로 작품에 다가가는 길을 열어 놓은 것은 카프카다. 그는 작품 곳곳에 그레고르 잠자를 짓눌렀던 불안감을 풀어놓았다.

그레고르 잠자는 말하자면 가족의 인질이었다. 사업에 실패한 아버지하고 채무 관계에 있는 사람을 사장으로 모시고 있다. 괴팍한 사장 밑에서 일하느라 쌓인 압박감이 보통 아니었다. 성질 같으면 당장 사표를 내고 싶지만, 빚을 갚으려면 5년은 걸릴 듯싶다. 사장이 얼마나 악덕이던지 그레고르 잠자가 새벽 다섯 시 기차를 타고 출장을 떠나는지 일일이 확인했다. 당장 일이 터진 날에도 지배인이 집으로 찾아와 전후 사정을 모른 채 그레고르 잠자가 게으르다며 몰아세웠다. 그리고 내친김에 "당신의 지위

비의(秘意): 쉽게 드러나지 않는 은밀한 뜻

도 전혀 확고부동한 것이 아닙니다."라는 말을 내뱉는다. 벌레로 변한 그레고르 잠자가 지배인을 만나려고 발버둥 치는 장면이 읽는 이의 마음을 아프게 하는 이유이기도 하다.

고전이라고 하면 오늘 우리의 삶과는 거리가 있는 듯 여기기 쉽다. 오해다. 지금 이곳에서 우리가 느끼는 불안과 그레고르 잠자의 그것은 별반 다를 바 없다. 직장 생활하는 사람이 겪는 고충은 익히 알려졌다. 가정을 지키기 위해 자존심마저 버렸다는 푸념은 흔히 듣는 이야기다. 청소년도 알바를 경험해 보았다면, 몇 푼 안 되는 알량한 돈 때문에 당했던 수치를 잊지 못할 터다.

더욱이 신자유주의가 뿌리내리면서 일하는 사람이 놓인 삶의 조건은 더욱 악화되었다. 노동 유연성이라는 말은 언제든지 해고할 수 있다는 말이다. 우리 삶에서 정말 확고부동한 것은 없으니, 누군가 한 말을 비틀어 표현하자면 세계는 불안이라는 악령에 둘러싸여 있는 꼴이다. 『변신』이라는 제목을 '벌레'라 바꾸어도 된다면, 일하는 사람의 처지를 이처럼 적절하게 표현한 것은 없는 듯싶다.

『변신』이 주는 충격에는 가족주의에 대한 통렬한 비판도 포함되어 있다. 우리는 가족이 혈연성을 바탕으로 해 사랑으로 뭉쳐 있는 사회의 최소 단위라고 여겨 왔다. 일상에서야 반론을 펴기 어려운 통념이다. 그렇지만 비상非常에서는 어떨까. 그레고르 잠자가 가정경제를 책임질 동안 가족은 화목했다. 벌레로 전락해 더는 경제활동을 못 하게 되면서는 어떻게 되었을지 짐작하고도 남는다. "이렇게 힘들게 일을 하고 과로한 식구들 중에 누가 꼭 필요한 것 이상으로 그레고르를 돌봐 줄 시간이 있겠는가?" 집안의 희망은 천덕꾸러기 신세가 되었다. 통념대로라면, 벌레로 변한 자식을 극진히 간호하고 보호해야 하는 것이 아니겠는가. 아버지는 그레고르 잠자를 그야말로 벌레 취급했고, 어머니의 보호망은 갈수록 약해졌으며, 여동생은 끝내 다음처럼 분통을 터뜨렸다.

"없어져야 해요!" 여동생이 소리쳤다. "아버지, 그 방법밖에 없어요. 저것이 그레고르 오빠라는 생각은 집어치우세요. 우리가 너무 오래 그렇게 생각해 온 것이 우리들의 진짜 불행이에요. 그런데 이 동물은 우리를 못살게 굴고, 하숙인들을 내쫓고, 온 집안을 차지하고서는 우리를 길에서 밤을 새우게 하려고 해요."

『변신』을 읽으며 정직하게 물어보아야 한다. 가족은 사랑을 구심점으로 이루어진 단위인가, 라고. 혈연보다, 사랑보다 돈의 가치가 더 우선인 것이 오늘 우리 가정의 현실이 아닐까. 그렇지 않다면, 가족에게 멸시를 받으며 그레고르 잠자가 굶어 죽은 것을 어떻게 설명할 수 있을까. 하나 더 있다. 그의 죽음을 확인하면서 아버지가 내뱉은 말, "이젠 하나님께 감사를 드려야 해."라는 말은 무엇을 뜻하는 것일까(이 질문을 부여잡고 고민해 보려는 이가 있다면 강신주가 쓴『철학 삶을 만나다』의 '사랑 그리고 가족 이데올로기'를 읽어 보시길).

　나는 카프카의『변신』이 자본주의가 한 개인의 잠재성을 어떻게 파괴하는가를 보여 주는 작품이라 평가한다. 이런 생각에 이르는 데는『장자』가 도움이 되었다. 이 책의 첫 구절 역시 상당히 중요한 바, 그 내용은 아래와 같다.

　'북쪽 깊은 바다'에 물고기 한 마리 살았는데, 그 이름을 곤이라 하였습니다. 그 크기가 몇 천 리인지 알 수 없었습니다. 이 물고기가 변하여 새가 되었는데, 이름을 붕이라 하였습니다. 그 등 길이가 몇 천 리인지 알 수 없었습니다. 한번 기운을 모아 힘차게 날아오르면 날개는 하늘에 드리운 구름 같았습니다. 이 새는 바다 기운이 움직여 물결이 흉흉해지면, 남쪽 깊은 바다로 가는데, 그 바다를 예로부터 '하늘 못'이라 하였습니다.

　옛사람들은 우리네 삶의 잠재성을 믿었다. 한낱 물고기 알만한 것이 자라 하늘을 덮을 정도로 엄청나게 큰 새로 변신할 거라 했다. 그렇다면 물어야 한다. 옛 철학자가 말한 변신과, 근대의 문인이 말한 변신이 왜 이리 큰 차이가 있는가, 라고 말이다. 그리고 다시 장자적 상상력을 회복하는 길은 무엇인가 하는 도전적인 질문을 던져야 한다. 이 질문들이 지금 이곳을 더 나은 세상으로 만드는 첫걸음이 되리라는 것은 누구나 알 터!

지속 가능한 세계를 위한 생태적 상상력

어니스트 헤밍웨이의 『노인과 바다』

어니스트 헤밍웨이의 작품이 봇물 터지듯 쏟아져 나오고 있다. 저작권 문제가 걸렸을 텐데 중복 출판되고 있어 이상하다 여겼더니 저작권이 소멸된 덕에 너도나도 출판하고 있단다. 어찌 보면 민망한 일일 법한데, 그동안 유가족이 번역을 원하지 않아 돈을 주더라도 출간할 수 없었단다. 어찌하였든지 독자 처지로서는 마냥 좋다. 기실 서점가에 나와 있던 헤밍웨이 작품은 번역된 지 오래된지라 요즘의 언어 감각과 맞지 않아 읽어 내기 어려운 점이 있었다. 근데 이번에 나온 번역본들은 자타가 실력을 공인하는 번역가들이 맡아 믿을 만하다.

　내가 먼저 읽은 작품은 『태양은 다시 떠오른다』였다. 첫 장편이라 기대하고 읽었는데 실망했다. 대화 위주라 등장인물들의 내면세계를 들여다보기 어려웠고 첫 장편답게 치기 어린 면이 엿보였다. 첫 단추를 잘못 끼운지라 다음에 무엇을 읽을까 고민하다 손에 든 것이 그 유명짜한 『노인과 바다』(김욱동 옮김, 민음사 퍼냄)다. 침체기를 겪다가 이 작품으로 화려하게 부활했고 결국에는 노벨 문학상까지 거머쥐지 않았던가. 명불허전인 법이니, 읽어 보자 했다. 다 읽고 난 소감을 서둘러 말하자면, 정말 좋았다.

내용이야 다 알잖는가. 산티아고라는 늙은 어부가 무려 84일째나 고기 한 마리도 낚아 올리지 못했다. 어부가 나가 있어야 할 곳은 역시 바다다. 운이 더는 따라 주지 않는 늙은이라는 조롱을 한 귀로 흘려보내고 고기를 낚으러 갔는데 이번에 덜컥, 큰 놈을 낚은 것이 분명했다. 나중에 보니 5.5미터에 이르는 대어였다. 일엽편주에 몸을 실은 산티아고로서는 산 채로 이 녀석을 낚아 올릴 수가 없었다. 도망가는 대로 끌려가다 물 위로 자꾸 올라와 부레에 공기가 가득 차 있을 때 죽여야 했다. 고투 끝에 작살로 녀석의 명줄을 끊고 배에 묶어 항구로 돌아간다.

그런데 여기에 이르는 과정을 읽다 보면 누구나 노인이 행운을 잡았다기보다는 불운해질 거라는 예감을 품게 된다. 녀석의 피가 바다를 적시고 있는지라 냄새를 맡은 상어가 몰려들 터이니 말이다. 잡느라 고생한 노인은 쫓느라 진을 뺀다. 정말, 이 작품의 백미다. 불을 보듯 결과가 뻔하다면 포기하는 것이 마땅할까?

고전 한 책 깊이 읽기

노인은 파멸할지언정 패배는 없다는 자세로 이 고난을 기꺼이 감수한다. 다시 읽으며 가슴 뜨거워지는 대목이다. 오로지 결과만을 중시하는 사회 분위기에 익숙하다 보니, 과정에 충실한 삶을 깊이 고민하지 않다 한 방 맞은 듯싶어서일 게다. 아니면, 힘들면 쉽게 포기하는 게 관성이 되어서 그와 반대되는 삶을 보며 깊이 반성해서일 성싶다.

다시 읽어 보며 어렸을 적에는 못 느꼈던 새로운 주제 의식을 발견한 것도 큰 기쁨이었다. 말하자면, 이 작품에는 신화적 생태론이 잘 녹아 있었다. 이는 옮긴 이가 뒤에 붙인 해설에서도 적절하게 지적하고 있다. 노인은 바다를 일러 '라 마르la mar'라 했는데, 스페인어로 여성형이다.

젊은 어부들 가운데 몇몇, 낚싯줄에 찌 대신 부표를 사용하고 상어 간을 팔아 번 큰돈으로 모터보트를 사들인 부류들은 바다를 '엘 마르'라고 남성형으로 부르기도 했다. 그들은 바다를 두고 경쟁자, 일터, 심지어 적대자인 것처럼 불렀다. 그러나 노인은 늘 바다를 여성으로 생각했으며, 큰 은혜를 베풀어 주기도 하고 빼앗기도 하는 무엇이라고 말했다.

작품의 상당 부분은 노인이 자기가 잡은 대어를 두고 독백하는 내용으로 채워졌다. 그런데 그 내용을 곱씹어 보면 원시시대 먹고살기 위해 잡은 곰을 토템으로 삼고 신성시하던 신화적 상황과 상당히 유사하다. 이 점은 오늘의 우리에게 시사하는 바 크다. 지속 가능한 세계를 위해 헤밍웨이의 생태적 상상력을 오늘의 우리가 제대로 이어받아야 할 터이다.

아직도 읽어야 할 헤밍웨이의 작품이 수두룩하다. 대체로 어렸을 적에 영화로만 보았지 정작 읽지 않은 작품도 많다. 『노인과 바다』가 가슴에 불을 질렀다. 얼른 읽어 보라고!

세계와의 불화, 혹은 부조리의 철학

알베르 카뮈의 『이방인』

카뮈의 『이방인』(김화영 옮김, 책세상 펴냄)을 읽고 나면 머리가 욱신거린다. 그것은 한여름, 태양 빛에 내내 시달리다 걸린 일사병을 앓는 고통과 꼭 같다. 『이방인』은 처음부터 끝까지 태양의 이미지로 넘실거린다. 책을 덮고 나서도 눈에 여전히 아른거리는 것은 짙푸른 대양에 반사되던, 그 눈부신 햇빛뿐이다. 그래서 이 소설은 눈을 감고 읽어야 한다. 마치 점자책을 읽듯, 천천히 활자 사이를 더듬어 나가야 한다. 서둘러 눈을 뜨면, 절대 안 된다. 작열하는 태양 빛에 눈이 멀고 말지도 모르니까.

  어떻게 눈을 감고 책을 읽느냐고 항변하지 마라. 눈을 감으면 비로소 떠지는 그 무엇이 있으니, 마치 하늘에 어둠의 장막이 쳐지면 별들이 점등되는 것과 같은 이치다. 그렇게 눈을 감고 기다리고 있으면 해변에서 걸어오는 사람을 볼 수 있을 것이다. 뫼르소! 태양 때문에 살인을 저질렀다고 말한 바로 그 사람이다.

인간적인, 너무나 인간적인

문제는 뫼르소를 만나는 순간, 더 큰 혼란에 빠지고 만다는 데 있다. 우리는 먼저 어머니의 장례식에서 보인 뫼르소의 저 담담함에 당혹감을 느낀다. 뒷날 양로원의 문지기가 법정에서 한 증언을 되뇌는 뫼르소의 독백에는 그때의 정황이 생생하게 재현돼 있다.

내가 어머니를 보려 하지 않았고, 한 번도 눈물을 흘리지 않았고, 장례식이 끝난 뒤에도 무덤 앞에서 묵도를 하지 않고 곧 물러났었다고 말했다. 그를 놀라게 한 일이 또 하나 있다고 했다. 장의사의 일꾼 한 사람으로부터, 내가 어머니의 나이를 모르더라는 말을 들었다는 것이다.

상식적으로 뫼르소의 행동은 이해하기 어려운 점이 많다. 어머니의 장례식이 끝난 다음 날, 우연히 만난 마리와 정사를 나누는 대목은 읽는 이를 아연실색하게 한다. 그러니 아랍인을 살해한 이유를 이해하기란 얼마나 어려운 일이던가.

뫼르소를 둘러싼 법정 논쟁은 이 소설을 읽으며 유일하게 빠른 걸음으로 넘어갈 수 있는 부분이다. 이 논쟁의 핵심은, 우리가 알고 있는 살인 사건이 아니라, 엉뚱하게도 장례식 때 보인 뫼르소의 태도다. 그것은 아마 배심제도에 원인이 있을 법하다. 'O. J. 심슨 재판'이 그러했듯 배심제도란 시정의 여론과 감상적 판단에 좌우되기 쉬운 취약점을 안고 있다. 검사는 배심원들을 휘어잡기 위해 뫼르소의 장례식에 초점을 맞추는 전략을 짰다.

검사가 펼치는 유죄 근거의 핵심은 단순하다. "범죄자의 마음으로 자기의 어머니를 매장했으므로, 나는 이 사람의 유죄를 주장하는 것입니다." 이에 대해 국선 변호사는 "도대체 피고는 어머니를 매장한 것으로 기소된 것입니까, 살인을 한 것으로 해서 기소된 것입니까?"라고 논박하지만, 이미 대세는 결정 나고 말았다.

이제 뫼르소는 사형을 기다리고 있다. 『이방인』에서 감동받은 부분을 말하라고 한다면(사실 『이방인』을 읽고 감동을 받았다고 말하기는 어렵다. 그만큼 이 작품은 철학적 분석을 요구하는 대목이 많다), 대부분 이 대목과 형무소 부속 사제와 벌인 논쟁을 꼽을 것이다. 뫼르소는 밤마다 잠을 못 이룬다. 두려워서가 아니다. 그는 상고를 포기하고 사형이 집행되는 새벽녘을 기다리고 있다. 낮에 잠을 자 두었다가 "꼬박 새벽빛이 천장 유리창 위에 훤히 밝아 올 때까지 꾹 참고 기다리"면서 죽음의 순간을 당당하게 맞이하고자한다.

그러다가 뫼르소는 신에게 용서를 빌라고 강력히 권하는 사제와 일대 설전을 벌인다. 뫼르소는 신과 내세來世를 부인한다. 그에게는 오직 현재, 그리고 구체적인 것만이 중요했다. 신부를 내쫓은 뫼르소는 한밤에 울리는 뱃고동 소리를 들으며 "내가 사형 집행을 받는 날 많은 구경꾼이 와서 증오의 함성으로써 나를 맞아 주었으면 하는 것뿐이다."라는 마지막 소망을 말한다. 여기서 소설은 대단원의 막을 내리지만, 우리는 이제껏 세계문학사에서 보지 못한 '인간적인, 너무나 인간적인' 새로운 인물의 등장을 전율적으로 목격하게 된다.

중편소설 분량에 불과한 『이방인』을 제대로 이해하기란 결코 쉽지 않다. 작품을 읽는 가운데 가장 중요한 것은 역시 읽는 이의 개인적 감상이지만, 전문가의 주석을 반드시 읽어 보아야 할 필요가 있는 몇 안 되는 작품 가운데 하나다. 참고할 만한 주석서로는 세 편이 있다. 먼저 번역서 뒤에 실린 '『이방인』 해설'을 꼽을 수 있다. 이 글은 『이방인』 해석에서 가장 권위 있고 문제적인 글이다. 두 번째는 카뮈 자신의 글인데, 사르트르가 『이방인』에 대한 철학적 해석이라 말한 『시지프 신화』가 바로 그것이다. 마지막으로, 이런 표현이 가능하다면, '카뮈학'의 대가인 김화영의 『문학 상상력의 연구』(이 책의 초판은 문학사상사에서 나왔는데, 1998년

고전 한 책 깊이 읽기

문학동네에서 다시 나왔다)다.

 개인적으로는 김화영의 연구서가 『이방인』 이해에 큰 도움이 됐다. 특히 미해결점으로 남은 뫼르소의 살인 동기에 대한 김화영의 해석은 탁월하다. 김화영은 『이방인』에 대한 사르트르의 독해법을 피하면서(그의 독해가 틀려서가 아니다. 너무 압도적이어서 새로운 읽기를 포기하는 관례에 대한 도전이다), 새로운 층위에서 이 작품을 읽도록 권하고 있다. 다분히 신화론적인 접근법인데, 정리하면 다음과 같다.

 뫼르소가 장례식이 끝난 다음 날 바다를 찾고, 그곳에서 마리와 만난 것을 신화론적 층위에서 분석하면 전혀 새롭게 해석된다. 즉, 바다mer를 찾아가 마리marie(성모마리아를 뜻함)의 품에 안겨 햇빛을 듬뿍 받으며 잠이 든 것은 잃어버린 어머니mére를 되찾고자 한 뫼르소의 신화적 보상 행위로 읽을 수 있다. 이 같은 해석의 연장 선상에서 뫼르소의 살해 동기가 조명된다. 뫼르소는 "서늘한 샘물의 졸졸거리는 소리를 듣고 싶었고, 그늘과 휴식을 되찾고 싶어" 문제의 샘물로 되돌아갔다. 여기서 샘source은 우주적 공간의 원천, 즉 어머니(의 자궁)를 상징한다. 그런데 그 샘에는 칼을 든 아랍인이 버티고 있었다(그 칼을 발기된 페니스의 상징으로 보면 뜻하는 바가 좀 더 명확해진다). 뫼르소는, 프로이트식으로 말해, 아버지에게서 어머니를 쟁탈해 온 또 하나의 오이디푸스였다.

김화영식 독법에 따른다면, 『이방인』은 태양과 바다로 상징되는 신화적 세계와 법정과 감옥으로 대표되는 현실 세계의 대립이 펼쳐지는 전선戰線이다. 그러므로 뫼르소에 대한 사회적 냉대는, 다수의 현실주의자가 소수의 신화론자에게 보내는 과격한 경고다(윽, 나는 이 순간 생명의 위협을 느낀다). 뫼르소는 아랍인을 죽였기 때문이 아니라, 신화적 몽상의 세계에 살고 있었기에 끝내 사형선고를 받게 된 것이다.

『이방인』을 읽는 법

어떤 독법으로 읽든 『이방인』은 풀리지 않는 의문점을 가득 품고 있다. 그렇기에 사르트르가 "『이방인』은 설명하는 책이 아니다. 그것은 증명하는 책도 아니다. 부조리의 인간은 설명하는 것이 아니라 묘사한다. 카뮈는 다만 제시할 뿐, 원래가 정당화할 수 없는 성질의 것인 그것을 정당화하려고 애쓰지 않는다."고 말했다.

그래서 작가의 자작 해설은 독자 입장에서 반갑기 이를 데 없다. 카뮈는 『이방인』의 '미국판 서문'에서 뫼르소가 유죄를 선고받게 된 이유를 다음처럼 설명하고 있는데, 작품을 이해하는 데 중요한 실마리를 제공한다.

즉, 그는 거짓말하는 것을 거부한다. 거짓말을 한다는 것은 단순히, 있지도 않은 것을 말하는 것만이 아니다. 그것은 특히 실제로 있는 것 이상을 말하는 것, 인간의 마음에 대한 것일 때는, 자신이 느끼는 것 이상을 말하는 것을 뜻한다. 그런데 이건 삶을 좀 간단하게 하기 위해 우리들 누구나 매일같이 하는 일이다. 그런데 뫼르소는 겉보기와는 달리 삶을 간단하게 하고자 하지 않는다. 그는 있는 그대로 말하고 자신의 감정을 은폐하지 않는다. 이렇게 되면 사회는 즉시 위협당한다고 느끼게 마련이다. 예컨대 사람들은 그에게 관례대로의 공식에 따라 스스로 저지른 죄를 뉘우친다고 말하기를 요구한다. 그는, 그 점에 대해서 진정하게 뉘우친다기보다는 오히려 귀찮은 일이라고 여긴다고 대답한다. 이러한 뉘앙스 때문에 그는 유죄 선고를 받게 된다.

카뮈가 뫼르소를 통해 우리에게 말하고자 한 메시지가 이 이야기에 농축돼 있다. 그렇다면 뫼르소는 왜 관례대로 하지 않고, 공식에 따르지 않는 것일까. 이 질문에 대한 대답에 카뮈가 만든 새로운 인간상의 핵심이 담겨 있다. 그 답을 나중에 카뮈가 쓴 언어로 거칠게 요약해 말한다면, 부조리에 맞서는 반항인의 자세다. 무슨 부조리이고, 어떤 반항인가를 여기서 말하기에는 너무 벅차다. 카뮈의 또 다른 책 『시지프 신화』와 『반항하는 인간』에 모

깊이 읽기／문학

든 것이 담겨 있다는 말로 대신하자.

전기 작가로 유명한 앙드레 모루아가 카뮈에 대해 논평한 부분을 인용하면서 이 글을 마감한다. 카뮈 문학의 성취와 한계에 대한 짧지만, 적절한 논평이다.

그 결과 동년배의 작가들이 타지도 못할 콩쿠르상 수상을 꿈꾸던 그런 나이에 그는 벌써 노벨상을 획득했다. 그렇다면 그는 발자크나 톨스토이 같은 작가였던가? 수많은 인물을 창조한 위대한 작가, 살아 있는 세계의 건설자였던가? 인간 카뮈에 대해서 그 어떤 경의를 표한다 하더라도 이와 같은 주장에 동조하기는 어렵다. 그의 소설은 허구의 형식을 빌린 에세이이다. 그의 작중인물들은 살아 있는 인간으로서 독자를 사로잡지 않는다. 그럼에도 불구하고 그에게 주어진 영광은 결국 주어질 것이 당연히 주어진 것이라고 생각된다.

가라, 그리하면 길이 열리리라

루쉰의 『루쉰 소설 전집』

언젠가 나는 다시 공부를 하게 된다면 이광수와 임화에 대한 논문을 쓰고 싶다는 생각을 한 적이 있었다. 물론 그런 생각을 하면서도 나는, 내가 다시 공부를 할 리 없다는 것을 잘 알고 있었다. 타고난 게으름과 우둔함에 어찌 공부를 할 수 있겠는가. 하지만 먹고사는 문제로 진저리를 칠 때마다, '다시 공부한다면'이라는 가정법을 꿈꾸곤 했다. 꿈꾸는 것이야말로 자유이지 않던가.

비록 꿈이긴 했지만, 내가 군이 이광수와 임화를 비교하는 논문을 쓰고 싶었던 것은 나름대로 거창한 이유가 있었다. 일상에서 부딪치는 숱한 문제의 원인이 놀랍게도 역사성을 띠고 있다고 생각했기 때문이다. 과장해서 말한다면, 우리 민족이 꿈꿨던 그 무엇이 좌절됐기에 오늘 우리 현실이 이 지경에 이르렀다고 깨달았던 것이다. 나는 이 각성을 실마리로 삼아 우리 역사가 실패할 수밖에 없었던 이유를 정신사적 입장에서 탐구하고 싶었다.

이광수와 임화, 그리고 루쉰

이광수와 임화야말로 우리 문학사의 가장 극적인 부분이지 않던가. '민족 개조론'을 내세우며 우리 민족의 근대화를 주장했던 이광수는 결국 친일 문학인으로 전락하고 말았으며, 유토피아의 실현을 꿈꾸고 북으로 넘어갔던 임화는 '미제의 스파이'로 처형되고 말았다. 우리 현대문학사를 대표하는 두 문인의 좌절과 실패는 이미 민족의 암울한 미래를 예고하고 있었던 건 아닐까. 지금 이곳의 우리 삶이 암울하다면, 그 역사적 원인을 두 사람의 꿈과 실천, 그리고 좌절을 통해 알아볼 수 있지 않을까 하는 생각이 한동안 뇌리에서 떠나지 않았다.

하지만 나는, 예상한 대로, 다시 공부할 기회를 잡지 못하고 말았다. 그 이유 역시 예상한 대로다. 게으름과 우둔함이 끝내 내 발목을 놓아주지 않았다. 그러나 이번에 『루쉰 소설 전집』(김시준 옮김, 을유문화사 펴냄)을 읽으며 나는 이미 잊어버렸던 그 꿈을 되찾았다. 이번엔, 어라, 한술 더 떠서, 만약 내가 다시 공부한다면 루쉰과 이광수, 그리고 임화를 비교·연구해 봐야겠다는 생각이 들었다.

세 사람은 얼마나 많이 닮았던가. 제국주의의 침략으로 풍전 등화의 위기에 놓여 있는 민족의 미래를 걱정했고, 문학을 무기로 삼아 이에 대항했다. 그런데 왜 이광수와 임화는 실패했고 루쉰은 성공한 것일까. 역사를 보면, 동아시아에 거세게 몰아친 제국주의 지배를 가까스로 막아 내고 자생적 근대화의 길을 걸어갈 수 있는 발판을 만든 것은 중국이었다. 어떤 정신이 중국을 그토록 강하게 했을까, 그 정신이 탄생시킨 결실로 루쉰의 작품을 읽을 수는 없는 것일까, 하는 생각이 들었다.

루쉰은 중국 근대문학의 맨 앞자리에 놓여 있다. 그가 쓴 첫 작품인 『광인일기』가 중국 최초의 현대 소설이다. 루쉰의 첫 작품은 차라리 문학적 선전포고라 하는 것이 옳다. 중국의 역사를 '식인食人의 역사'라 단정하고 봉건 질서를 부정하는 정신을 『광인일기』에 담았다. 그러나 루쉰이 천박한 민중주의자가 아니라는 것은 『아Q정전』에서 엿볼 수 있다. 새로운 세계를 열 힘이 민중에게 있다고 믿으면서도 여전히 깨어나지 못하는 민중의 모습을 사실대로 그려 내고 있다.

그래서 루쉰의 주인공은 늘 방황하고 있다. 여전히 힘을 잃지 않은 봉건 질서와 자신의 역사적 소명을 깨닫지 못한 민중 사이에 '낀' 지식인의 고통이 작품의 주조를 이루고 있는 것이다. 무리보다 너무 앞서 나간 자는 그토록 고독한 것이던가. '역사를 먼저 산' 루쉰 그 자신이 얼마나 외롭고 괴로웠을까. 루쉰의 주인공은 어느 곳에도 뿌리를 내리지 못하고 멀리 떠나야 하는 운명을 타고났다. 하지만 그들은 본디 있던 곳으로 되돌아온다. 부끄럽게도, 초라한 모습으로. 그러기에 작중인물은 이렇게 말한다.

"나는 어렸을 때, 벌이나 파리가 한곳에 있다가 무엇에 놀라면 곧 날아갔다 한 바퀴 빙 돌고는 곧 또다시 원래의 위치로 돌아오는 걸 보고 정말 우습기도 하고 측은하게도 생각했었지. 그런데 뜻밖에 지금 내 자신이 바로 그 조그만 원을 한 바퀴 돌고는 다시 날아 되돌아온 거야. 또 생각지도 않게 자네도 돌아왔으니 말일세. 자넨 좀 더 멀리 날 수 없었나?"

루쉰의 절망과 이광수의 낙관

나는 루쉰의 절망이 믿음직하다. 솔직한 절망은 희망 찾기로 이어지지만, 거짓된 낙관은 사이비를 만들어 낼 뿐이다. 루쉰의 정신을 이어받은 중국 인민은 반봉건·반제국주의에 마침내 성공했지만, 이광수에 열광했던 우리 민족은 식민지 백성이 되고 말았다. 그렇다면 임화는 어느 편에 있었을까. 그는 루쉰과 이광수 사이에서 방황했는지 모른다.

『루쉰 소설 전집』을 읽으면서 내가 아프게 확인한 것이 바로 이것이었다. 각 민족의 문학을 이끈 힘이 무엇이었는가에 따라 민족의 운명도 달라졌다는 것. 이것은 결코 민족성의 문제가 아니다. 우리 민족이 중국 민족보다 열등했다는 식으로 오도해서는 안 된다. 그것은 현실에 대한 냉철한 인식과 미래에 대한 역사 의식의 문제였던 것이다. 우리에게도 루쉰과 같은 정신은 있었다. 단지 이광수로 대표되는 정신이 역사의 주류를 이뤘다는 것, 그 주류에 저항한 임화의 정신이 결과적으로 역사에 큰 기여를 하지 못했다는 데 우리의 비극이 있었다. 그러면 나는 끝내 좌절 해야 하나. 지금 우리가 겪는 문제가 역사적 원인을 갖고 있는 것인 만큼 결코 해결할 수 없는 것인가. 루쉰은 나에게 "아니다."라고 말해 준다.

> 희망이란 것은 본래 있다고도 할 수 없고, 없다고도 할 수 없다. 그것은 마치 땅 위의 길과 같은 것이다. 본래 땅 위에는 길이 없었다. 걸어가는 사람이 많아지면 그게 곧 길이 되는 것이다.

루쉰은 나보고 걸어가라고 한다. 나태함과 우둔함을 이겨 내고 이 상처를 낫게 할 길을 찾아보라 한다. 남이 하지 않으니까 두려워 도망가지 말고 묵묵히 홀로 걸으라 한다. 지금 걸어야 할

곳은 길이 아니지만, 걸어가면 그 뒤로 길이 열리리라 격려해 준
다. 루쉰의 소설은 이제 나에게 두려움으로 다가온다. 내가 과연
그 길 없는 길을 걸어갈 수 있을까 하는.

나는 안다. 내가 그 길을 성큼 걸어가지 못하리라는 것을. 하
지만 나는 또 안다. 조금씩 조금씩 그 길에 발을 내디디리라는 것
을. 내가 살고 있는 이 시대가 더 이상 이광수와 임화의 역사가
되지 않게 하기 위해, 이 땅의 역사도 루쉰의 정신으로 거듭나게
하기 위해서 말이다.

아이는 내 딸이야
버린 딸 바리데기야

신동흔의 『바리데기』

「바리데기」 신화는 읽으면 읽을수록 새롭다. 신동흔이 풀어 쓴 『바리데기』(휴머니스트 펴냄)를 보며 다시 이를 확인했다. 세계 신화의 보편성을 안고 있으면서도 오늘 우리에게 전해 주는 삶에 대한 번뜩이는 통찰이 있기에 그러하다.

　무엇보다 신화 『바리데기』는 '버림'에 대한 의미를 고민하게 한다. 불라국의 오구대왕은 만사가 두루 형통했다. "어질고 착하고 인물도 좋은 길대부인"과 살았고 "만조백관*과 삼천 궁녀를 거느리고, 용상에 올라앉아 금관을 높이 쓰고, 옥새를 거머쥐고는

만조백관(滿朝百官): 조정의 모든 벼슬아치

세상사를 맘대로 했다." 문제는 십 년이 지나도록 자식이 없었다는 것인데, 길대부인 마흔 때부터 태기가 있었으나, 내리 딸만 여섯을 낳았다. 잔뜩 기대를 걸게 한 일곱째마저 딸이니 오구대왕은 이성을 잃고 "멀리멀리 내다 버려라." 하고 불같은 명령을 내렸다.

참으로 흥미로운 대목이 아닐 수 없다. 왜 뭇 영웅은 한결같이 버림받는 것일까. 이유야 늘 달랐지만, 중요한 것은 그들이 버림받았다는 것이다. 어떤 이는 알에서 태어나서, 어떤 이는 아들이라서, 어떤 이는 딸이라서, 어떤 이는 운명의 저주를 받아서 서럽고 한 많은 방랑 생활을 해야만 했다.

세계 신화에 공통으로 나타나는 현상을 흔히 '신화소'라고 하는데, 버림의 신화소는 상당히 흔하게 발견된다. 이 질문에 신동흔은 간략하게 몇 가지 이론을 들어 설명한다. 먼저는 부모가 자식에 느낄 법한 기대와 실망이다. "큰 기대가 실망으로 나타날 때 불만과 분노가 생기는데, 이런 심리가 이야기로 표현된 것"이 아니겠느냐는 것이다. 다른 하나는 홀로서기를 뜻한다. "버림받고 세상에 홀로 던져진 신화 속 주인공들이 역경을 이겨 낼 때, 자신의 삶을 실현함은 물론 다른 사람들에게도 희망이 될 수 있다."는 뜻이다. 이는 당연히 "기아*로 나타나는 분리의 과정은 영웅이 되기 위한 하나의 전형적 요소"라는 풀이를 낳는다. 『바리데기』에는 이런 공통 요소와 함께 남아 선호 사상의 반영과 이에

고전 한 책 깊이 읽기

대한 극복이라는 독특한 변형이 담겨 있다.

　신화는 일반적으로 고통의 가치를 되새김질한다. 고통은 무의미한 것이 아니라 이에 맞서 싸우는 과정에서 세상을 당당하게 살아가는 힘을 준다고 말한다. 누가 고통을 원하겠는가. 그러나 고통을 당하고 이를 이겨 내야 비로소 성숙한다고 보는 것이다. 신화가 무엇이던가. 인류의 오래된 지혜로다! 그렇다면 오늘 우리는 고통을 어찌 보는지 곱씹어 보아야 한다. 고통은 겪는 것이 아니라 회피할 무엇으로 여기고 있다. 이른바 '무통 시대'를 꿈꾼다. 그러나 신화는 사뭇 다른 이야기를 한다. 고통을 겪고, 그리고 그것을 이겨 내 마침내 신이 되고, 영웅이 되었다고 말이다. 세상 사람들은 이해하지 못한다는 표정이지만, 신화에 따르면 이것이 가장 지혜로운 생각인 셈이다.

　모험을 떠나 고통받는 이에게는 도와주는 이들이 있게 마련이다. 바리데기도 마찬가지였다. 당장 버림받았을 때부터 부모를 다시 만날 적까지 키워 준 산신령이 있었다. 서천 서역으로 약수를 구하러 갈 때도 은인은 있었다. 백 마지기 밭을 갈아 주면 길을 가르쳐 주겠다는 백발노인도 있었다. 물론, 조력자라면 군말 없이 길을 가르쳐 주어야 한다고 이의를 달 수도 있겠다. 그러나 바리데기의 의지를 시험해 보았다 하면 그리 큰 문제는 아니 될

기아(棄兒): 길러야 할 의무가 있는 사람이 남몰래 아이를 내다 버리는 것 또는 그렇게 버린 아이를 가리키는 말

터. 동지섣달 설한풍에 얼음 깨서 빨래하게 한 천태산 마고할미도 다르지 않다. 밭 갈 때 나타난 땅두더지는 말할 나위도 없다.

이 내용은 좀 다르게 볼 수 있지 않나 싶다. 흔히 도움 주는 사람 있기를 열망하지 도움 주기를 갈망하지는 않는다. 그런데 우리 모두가 도움받기만을 원한다면, 정작 도와줄 사람은 없다. 그러니 운명에 맞서 싸우는 이를 돕는 사람으로 거듭나야 한다는 뜻이다. 신자유주의 이후 세계는 극심한 양극화 현상을 겪었다. 더욱이 새로운 세대는 일자리를 잡지 못해 삶에 대한 희망을 펼치지 못하고 있다. 이런 일에 두 눈 감고 있다면, 우리 시대의 바리데기 신화는 쓰일 수 없다. 사회적 약자와 소수자에 대한 관심과 도움이 없으면, 그들은 삶의 나락에서 벗어날 수 없다. 『바리데기』는 연대의 가치를 깊이 고민해 보도록 이끌고 있다.

『바리데기』는 바리데기가 오구신이 되는 것으로 마무리된다. 오구가 누구던가. 바리데기를 버린 아버지이지 않던가. 그런데 바리데기가 그 이름으로 신이 되었다. 그렇다면 그 신이 하는 일은 무엇인가? 놀랍게도 "잘못 죽은 귀신들을 위해 오구풀이를 하여 왕생극락으로 인도하는 것", "죽은 넋들의 신이 되어, 서럽게 이 세상 떠난 사람들을 좋은 곳으로 고이 인도하는 것"이다. 버리는 자의 상징에서 구원하는 자의 대표 격으로 바뀌는 이 놀라운 변신이야말로 『바리데기』가 주는 감동의 근원이니, 말하자면 버림받은 자만이 구원할 수 있다는 뜻이다.

〈바리데기〉가 공연되는 굿 현장에 가 보지는 않았지만, 이 이야기가 사람들 앞에서 연희될 적에 얼마나 많은 사람이 자신의 삶과 겹치는 대목에서 서러워하고 눈물지었을지, 그리고 바리데기가 구원자의 자리에 오를 때 얼마나 기뻐했을지 짐작이 간다. 민중의 폭넓은 사랑을 받지 않았다면, 절대 전승되지 않았을 터. 오늘 우리가 그 이야기를 읽고 있다는 것 자체만으로도 『바리데기』에 민중의 오랜 염원이 깊이 뿌리박혀 있다고 하지 않을 수 없다. 그것은 아마도 고통의 의미와 연대의 가치, 그리고 해원*이지 않을까 싶다.

해원(解冤): 원통한 마음을 푸는 것

홍길동이 민중의 영웅 아닌 지배자라면?

허균의 『홍길동전』

『홍길동전』에 대한 추억이 새롭다. 시쳇말로 중딩 시절 헌책방에서 딱지본 『홍길동전』을 구해 읽은 적이 있었다. 고서 가치가 있는 딱지본은 아니었고, 말하자면 조악하게 낸 책이었다. 지금 생각해 보면, 원문에 상당히 손을 많이 댄 듯싶다. 박진감 넘치는 활극이 제법 길게 나왔으니 말이다. 어찌 보면 우리 옛 소설은 국어나 문학 교육의 힘으로 겨우 읽히는 면이 있는 듯싶다. 성인이 돼서 우리 옛 소설을 꼼꼼하게 다시 읽는 교양인을 쉬이 만나지 못하니 말이다.

그렇지만 다시 읽어 보면 새로운 것을 깨달을 수 있다는 점에서 흥미로운 경험이 된다. 그때는 어렵게 읽었던 것이 뜻밖에 쉽다는 것을 알 수도 있고, 미처 알아내지 못한 주제나 상징을 파악할 때 느끼는 뿌듯함도 있다. 감성에 기초해 분석에 이르는 것이 문학 읽기의 본령이지만, 아무래도 지식이 많아지면 더 잘 보이는 면이 있다. 이번에 『홍길동전』(김탁환 엮음, 민음사 펴냄)을 읽으며 그런 경험을 했다.

『홍길동전』을 다시 접한 것은 유토피아에 대한 생각을 정리하기 위해서다. 언젠가는 인류 지성이 꿈꾼 이상향에 대한 책을 쓰고 싶은 나로서는, 틈틈이 관련 문학작품을 읽어 두고 있다. 이론서는 두루 섭렵한 상태라 문학으로 접근하는 길만 남겨 두고 있어서다. 잘 알다시피 홍길동은 추종 세력을 데리고 율도국을 정벌하고 왕이 되었다. 당연히 홍길동이 왕이 되고 나서 "시절이 태평하여 풍년이 들고, 나라와 백성이 편안하여 사방에 일이 없고, 임금이 베푼 덕이 온 나라에 퍼져 길거리에 물건이 떨어져 있어도 주워 가는 이가 없었다." 이상향을 건설한 셈이다.

신화나 영웅소설을 즐겨 읽어 왔다면, 『홍길동전』이 이런 유의 갈래에 공통된 요소를 지니고 있음을 금세 눈치챌 수 있다. 이른바 영웅의 일생을 구성하는 공통 유형이 있다는 것인데, 조동일이 정리한 바로는 홍길동은 "① 고귀한 혈통을 지닌 인물이다. ② 비정상적으로 잉태되거나 출생한다. ③ 비범한 능력을 타고난다. ④ 어려서 죽을 고비에 이른다. ⑤ 자라서 다시 위기에 부딪힌다. ⑥ 위기를 투쟁으로 극복하고 승리자가 된다."라는 얼개에 세부적인 살을 붙인 꼴이다.

두말할 나위 없이 『홍길동전』은 영웅소설이다. 신분의 한계를 뛰어넘어 자신의 가능성을 최대로 발휘해 왕의 자리에 오른 과정을 협객 소설다운 흥미를 더해 그렸다. 물론 여기서 그치지는 않는다. 홍길동이 차별받는 과정에서 공고한 신분제를 비판했고, 활빈당을 조직해 민중들을 구제하는 과정에서는 타락한 당대 정치 현실을 고발했다. 새로 펴낸 『홍길동전』을 두고 "사회의 구조적 모순을 파헤치고 새로운 영웅과 이상향을 탄생시킨 혁명적 유토피아 소설"이라 광고한 것은 이 점을 돋을새김하는 입장이다.

기존의 관점에서 벗어나 『홍길동전』을 비판할 수 있는 근거는 크게 세 가지다. 먼저 홍길동이 임금에게 병조판서 자리를 달라고 하고, 임금이 이를 어렵게 수락하자 "다시 소란을 일으키는 일이 없었다."는 사실에 주목할 필요가 있다. 길동의 저항은 구조적인 모순을 해결하기 위해서보다는 개인 차원의 한을 풀기 위해서였다. 서자도 고위 관직에 오를 수 있다면, 그 체제를 근본적으로 부정할 이유는 없을 터. 길동은 강고한 봉건 질서를 깨뜨리려는 혁명아의 모습이기보다는 봉건 질서의 품속에서 입신양명하기를 바랐다. 길동이 병조판서가 되었으나 삼 년 동안 자취를 감추었다는 것은, 이 자리가 상징적이지 실제적이 아니었다는 것을 뜻하니, 더욱이 이런 해석을 가능케 한다.

두 번째는 임금에게 홀연히 나타나 벼 삼천 석을 얻어 제도로 떠났다는 점이다. 길동의 신출귀몰하는 재주는 '해인사 습격 사건' 때 선보였다. 이후로 함경 감영에서 능에 불을 붙여 놓고는 곡식과 무기를 훔쳐 가는 등 일대 혼란을 일으켰다. 임금 앞에서 변신술로 도망쳐 나왔고, 현상 수배령이 내린 상태에서도 "팔도에서 장안으로 가는 뇌물을 빼앗아 먹으며, 불쌍한 백성이 있으면 창고 곡식을 내어 먹여 살렸다." 마음만 먹으면 얼마든지 새로운 이상향을 세울 종잣돈을 마련할 수 있는데도 임금에게 그것을 요구한 것은 뜻하는 바 크다. 다른 무엇보다 그가 더는 체제를 위협하지 않겠다는 뜻을 강하게 드러냈다 할 수 있다. 길동은 더이상 반체제 인사가 아니다. 임금이 흔쾌히 약속을 지킨 것도 정치적 흥정에 응한 것이라 풀이할 수 있다.

세 번째는 그가 세운 이상향도 비판할 여지가 있다는 점이다. 1차 망명지라 할 제도에서 힘을 키운 길동은 친부 삼년상을 치른 다음 율도국 정벌을 계획한다. 그런데 이 계획 자체에 문제가 있다. 만약 율도국이 하늘의 뜻을 어기고 민중을 탄압하는 왕조였다면 길동의 정벌은 역성혁명*이라 높이 쳐줄 수 있다. 그러나 그렇지 않았다. 완판본에 "근처에 한 나라가 있으니 이름은 율도국이었다. 중국을 섬기지 아니하고 수십 대를 자손 대대로 이어오며 널리 덕으로 다스리니, 나라가 태평하고 백성이 넉넉하였

역성혁명: 왕의 성씨가 바뀌는 것, 즉 왕조가 바뀌는 일을 말하는 바, 무능하고 악정을 일삼는 권력 집단의 교체를 뜻한다.

다."라 했다. 이는 길동이 새로운 통치 이념을 바탕으로 이상 국가를 세우기 위해 율도국을 정벌했다 할 수 없는 중요한 근거가 된다. 한낱 권력욕을 실현하기 위해 이웃 국가를 침범해 왕위를 찬탈한 침략 행위이다. 이에 대한 세밀한 고찰 없이 그동안 율도국 정복을 이상향 건설이라 관행적으로 말해 온 것은 아닌지 성찰해 보아야 한다.

오늘, 우리의 관점에서는 세 번째 문제의식이 의미 있다. 길동이 율도국 정벌을 꾀한 것은 내부의 혼란을 수습하기 위해서가 아니었다. 제도에서 생산력과 군사력을 충분히 향상시키고 나서였다. 넘쳐 나는 힘이 있어서 이를 외부로 확대한 것이다. 역사상 오늘만큼 경제성장을 이루어 낸 시대가 없다. 비록 세계경제 동향에 민감한 허약 체질인 것이 번번이 확인되지만, 나름대로 내성이 있는 것도 확실한 듯싶다. 어쩌면 민족이나 국가 차원에서 우리는 홍길동의 자리에 오른지도 모른다. 과거의 빈곤한 역사를 청산하고, 세계사의 변방에서 벗어나 중심으로 성큼 다가갔으니 말이다. 그렇다면 우리가 해야 할 일은 무엇인가? 이른바 아류 제국주의 유혹에서 벗어나야 한다. 과거 식민지 경험을 한 국가임에도 다른 공동체의 평화를 깨고 그곳의 잠재적 가능성을 훼손해서는 안 된다는 뜻이다.

홍길동은 조선에 남아 있어야 했다. 신분 사회를 혁파하고 민중을 착취하는 종교를 개혁하고 봉건 질서를 개혁해 자유로운 세상으로 나아가기 위해 애써야 했다. 더욱이 발 디딘 곳의 모순은 회피하고 또 다른 지배자로 군림한 것은 홍길동의 존재 근거를 무너뜨리는 일이었다. 올바른 뜻을 품은 불씨가 역사에 남아 있을 때 다시 살아나는 법. 『홍길동전』을 다시 읽으며 되살려야 할 그 불씨를 생각해 본다.

깊이
읽기
_사상

2부

고전을 읽어야 할 이유는 참으로 많을 터이다.
그런데 『향연』을 읽다 보면, 내로라하는 사람들이 하는 말이
사실은 고전을 주춧돌로 삼고 있음을 확인하게 된다.
하늘 아래 새로운 것은 없을지도 모른다.
다른 사람의 사유를 밑바탕으로 자기 논리의 집을 짓는 것이리라.
스스로 사유력과 논리력이 부족하다고 생각하는가.
그렇다면 망설일 필요 없이 고전을 읽어 보면 되리라.

과연 죽음 너머에서
진리를 찾았을까?

플라톤의 『소크라테스의 변명』

상식적으로 말이 되지 않는 재판이었다. 다 늙은 철학자를 불러다 놓고 망신 줄 일이 있었나, 뒷배를 봐 주는 이가 누구인지 뻔히 알 건만 젊은 시인을 통해 소크라테스를 고발했다. 누가 봐도 죄목마저 엉뚱했다. "소크라테스는 젊은이들을 타락시키고, 국가가 인정한 신을 믿지 않고 새로운 영적 존재들을 믿는 죄를 저지르고 있다."라니. 소크라테스가 윤리적으로 젊은이들을 타락시킬 리는 없다. 『향연』에 나오듯, 당시에는 어른 남자가 자신이 멘토 역할을 하는 젊은 남자와 동성애 관계를 맺는 일이 흔했다. 그러나 소크라테스는 시대가 허락한 윤리적 기준을 받아들이지 않았다. 육체적 쾌락보다 철학하는 삶이 우선이라고 여겼기 때문이다.

만약 그 시대를 지배한 상식을 받아들이지 않고 근본적인 성찰을 통해 새로운 꿈을 품게 했다면, 그러니까 요즘 식으로 말하자면 제자를 운동권 학생으로 만들었다면 일리 있는 말이다. 그런데 철학이란 본디 무엇인가? 늘 지적으로 도전하고 새로운 사유를 꿈꾸는 것이지 않던가. 죄가 되기 어려운 상황이었다는 말이다. 거기다 고대 그리스 사회는 여러 신을 섬겼다. 유일신을 섬기지 않은 건 그리스 신화만 봐도 알지 않는가. 그런데 다른 신을 섬겼다고 죄인이라면, 이게 말이 되겠는가. 재판에 참여한 배심원은 이미 알고 있었다. 이 재판에는 정치적 속셈이 있으며, 소크라테스는 결국에 무죄가 되리라는 것을.

일이 꼬였다. 소크라테스가 예상을 뒤엎고 나섰기 때문이다. 아무리 죄가 없더라도 피고인이 되었다면 배심원 앞에서 겸손하고 심지어 아양을 떨기도 해야 하는 법이다. 아무리 유명하고 제법 나이가 들었더라도 그렇게 하는 게 마땅한 태도다. 불길한 조짐은 변론의 첫마디에서 느낄 수 있다. 소크라테스 가라사대, "오! 아테네 사람들이여!"라 했다. 배심원단 여러분, 이라 해야 했다. 어중이떠중이가 모인 배심원이다. 그리고 과반 결정에 따르게 되어 있다. 심기를 건드려서는 안 된다. 그러나 첫마디부터 도전적이었다. 아마 이때 상당수의 배심원이 감정 상했을 터다. 관례를 엎고 예상에 어긋나는 일은 자주 일어났다. 오죽하면 피고인이 배심원단한테 소란을 떨지 말라고 했겠는가. 가만히 듣기만 하기

고
전
한
책
깊
이
읽
기

에는 열불이 났을 터다. 누가 피고인이고 누가 배심원인지 모르게 되었을 터다. 피고인을 비난하고 야유하는 소리가 자주 터져 나왔을 터다. 반드시 이길 재판은 결국 지는 재판으로 바뀌어 간다.

소크라테스의 이 자신감은 도대체 어디서 비롯한 것일까? 앞당겨 말하자면 그것은 철학 정신에 걸맞게 치열하게 살았던 삶 자체에 있다 하겠다. 그 유명한 '등에'론을 보자.

저를 사형에 처하신다면 여러분은 다른 사람을 찾기 어려우실 것입니다. 아주 우스꽝스러운 비유를 들자면 도시에 달라붙어 있는 저와 같은 사람을 말입니다. 크고 혈통도 좋지만 그 큰 덩치 때문에 게으르고 굼뜬 말에 달라붙어서 잠 못 들게 따끔하게 찔러 대는 등에처럼. 아마도 신은 저를 도시에 달라붙게 했겠지요. 그대들 한 사람 한 사람을 일깨우고 설득하고 논박하는 일을 하루 종일 어디에서건 하도록 말입니다. 여러분! 저와 같은 역할을 하는 사람이 그대들에게 쉽게 나타나지는 않을 것입니다. 그러니 제 말에 따라 저를 아껴 두십시오.

놀랍지 않은가. 당당하다. 지식인은 이래야 하는 법이다. 참된 가치를 잊어버리고 안일한 삶을 사는 이들에게 정신 차리라고 호되게 꾸짖는 자리에 있어야 한다. 현실에 안주하는 정신을 일깨우고, 참된 가치를 받아들이라 설득하고, 거짓 정신에 기초한 잡설을 논박하며 살아야 한다. 당연히 불편해한다. 조는 데 물어 깨우면 누가 좋다고 하겠는가. 그러나 어쩌랴, 진짜 철학자의 길은 여기에서 시작하는 법인데 말이다.

다시, 앞으로 돌아가자. 소크라테스는 왜 미움을 받아 재판정에 서게 되었는가. 그가 한 말을 정리하면 이렇다. 친구가 델포이 신전에 가서 아테네에 소크라테스보다 현명한 이가 있느냐고 신탁을 청했다. 그랬더니 답변이 "없다."고 나왔다. 이 말을 들은 소크라테스는 심각한 고민에 빠진다. 자신은 최고로 현명하지 않다. 그런데 신이 신탁을 잘못 내릴 리 없다. 딜레마다. 해결하기 위해 지혜롭기로 이름난 사람을 찾아갔다. 그 사람이 현명한 것이 증명되면 신이 틀린 것으로 판명 나니 마음이 놓일 테다. 가장 먼저 정치인을 만났다. 결과가 궁금한가? 다음을 보라.

오, 아테네 사람들이여! 그를 탐색하면서 저는 알 수 있었습니다. 대화를 나누면서 그가 다른 사람들에게는 매우 현명해 보이고, 더욱이 자기 스스로도 현명하다고 여기고 있지만, 사실은 그렇지 않음을 깨달았던 것입니다. 그래서 저는 그가 자신은 현명하다고 생각하고 있지만 실제로는 그렇지 않음을 알게 하려고 애썼습니다. (…) 하지만 그들을 떠나오면서 저는 이런 결론을 내릴 수 있었습니다.
나는 이 사람보다 현명하다. 우리 인간들 중 누구도 무엇이 참

고
전
한
책
깊
이
읽
기

으로 선하고 좋은지를 알지 못한다. 그런데도 이 사람은 자신은 알고 있다고 생각한다. 실제로는 그렇지 못하면서도 말이다. 그렇지만 나는 내가 모른다는 사실을 잘 알기에, 안다고 생각하지 않는다. 알지 못하기에 안다고 생각하지 않는다는 이런 조그만 차이 때문에 나는 그보다 현명해 보이는 것이다.

들어는 보았잖은가. 소크라테스 철학의 고갱이가 무지無知의 지知라는 것을! 알고 있다고 여기면 더 이상 공부하지 않는다. 알고 있는 것으로 군림하거나 이용하려고만 든다. 그러나 지금껏 알고 있던 것이 진정한 것이 아니라는 사실을 깨달으면 바뀐다. 열정적으로 새로운 앎을 추구하게 마련이다. 진정한 철학, 또는 인문학의 출발은 어디에 있을까? 바로 소크라테스의 이 정신, 되풀이하거니와 무지의 지에 대한 각성에서 시작하는 법이다.

그렇다면 다 이해된다. 소크라테스가 왜 미움을 받았는지. 다 안다고 젠체하는 인간들을 찾아가서 당신이 아는 건 아는 게 아니라고 혼쭐을 내 주었더니, 깨우쳐 주어 고맙다기보다는 개망신 당했다 여겨 그를 음해하려 했던 것이다. 그래서 법정에 서게 됐고, 법정에서 재판을 받기보다는 그 자리를 사랑하는 아테네 시민을 계몽하는 교육의 장으로 삼았던 셈이다. 결과는? 1차로 유죄가 나왔고 2차로 사형이 언도되었다. 그런데 중요한 것은 소크라테스가 차라리 사형을 언도해 달라고 먼저 말했다는 사실이다.

당시에는 벌금형, 추방형, 사형의 형벌이 있었는데, 소크라테스는 다른 형은 거절하고 차라리 죽여 달라고 했다. 왜 그랬을까?

무엇보다도 굉장한 것은 죽은 사람들한테 캐묻고 질문하며 시간을 보낼 수 있다는 점입니다. 누가 정말로 지혜롭고, 누구는 사실은 아니면서도 스스로 지혜롭다고 생각하는지에 대해서 말이지요. 재판관들이여! 그대들 중 누구는 트로이에 맞서 대군을 끌고 갔던 사람이나 오디세우스에게 또는 시시포스, 또는 수많은 남녀에 대해 캐묻는 대가로 과연 얼마를 지불하려 할까요? 그네들과 함께 대화하고 시간을 보내며 캐묻는 것은 말할 수 없을 만큼 즐거운 일일 겁니다. 여하튼, 그곳에서는 이렇게 한다고 사람을 죽이지는 않을 터이니까요.

소크라테스, 정말 징그러운 양반이다. 죽어서도 선배를 만나 그들이 과연 참된 지혜의 소유자였는지 물어보겠단다. 기존의 권위에 주눅 들지 않고, 당당히 물어서 참된 그 무엇의 자리에 이르겠단다. 이게 바로 철학하는 자세요, 인문 정신이요, 진정한 공부다. 그런데 이 내용을 알려면 무엇을 읽어야 하느냐고? 플라톤이 쓴 『소크라테스의 변명』이다. 청소년이 읽기 좋은 해설과 번역이 실린 책으로 안광복의 『소크라테스의 변명, 진리를 위해 죽다』(사계절 펴냄)도 있으니 읽어 보시길.

'뻥쟁이' 소크라테스가 들려주는 말의 성찬

플라톤의 『향연』

고전이라 하면 짐짓 엄숙하고 근엄한 태도로 대해야 한다는, 말도 안 되는 고정관념이 있다. 경전이라 하면 몰라도 인간의 지성적 작업에 대해 이런 태도를 취하는 것은 옳지 않다. 치열하고 진지하고 몰입하고 있다고 해서 읽는 이마저 꼭 그래야 한다는 법은 없다. 너무 그런 독서법을 강조해서 고전이라면 진저리를 내는 이들이 많이 생긴 것 아니겠는가. 특별히 플라톤의 『향연』(박희영 옮김, 문학과지성사 펴냄)은 즐겁고 가벼운 마음으로 도전해 볼 만하다. 비극 대회에서 상 받은 아가톤이 연 뒤풀이 자리에서 오고 간 이야기를 모아 놓은 책이 『향연』이지 않던가. 뒤풀이 자리인 만큼 술잔도 돌렸고 '뻥쟁이' 소크라테스가 주인공으로 나온 책이니 조금은 긴장감을 덜고 볼 만하다는 뜻이다. 물론 이 책에 담긴 주제는 상당히 중요하지만.

그런데 이 책을 읽다 보면, 왜 고전을 읽어야 하는지 새삼 깨닫게 된다. 우리가 흔히 들어 온 이야기가 사실은 이 책에 이미 다 실려 있었다는 사실을 눈치채게 되기 때문이다. 『향연』은 전날 술자리가 과했던지라 술은 그만 마시고 에로스나 찬양해 보자고 해 말의 성찬이 펼쳐진 자리의 기록이다. 우리 식으로 말하자면 고스톱하듯 돌아가며 이야기하는데, 주제가 상당히 고상했던 것이다.

예를 들자면 이렇다. 딸꾹질을 심하게 하다 그치자마자 이야기판에 끼어든 아리스토파네스는, 태곳적 인간의 성이 본디 세 가지였다고 말한다. 남성과 여성, 그리고 그 두 성을 다 가진 양성인이 있었다는 것이다. 이 양성인들은 힘과 기력이 대단했고 오만했다. 그런 부류들이 늘 그렇듯이 양성인들이 신을 공격했고 이에 화가 난 제우스는 양성인들을 반으로 쪼개 버렸다.

인간의 본래 상태가 둘로 나뉘었기 때문에, 그 나뉜 각각은 자기 자신의 또 다른 반쪽을 갈망하면서 그것과의 합일을 원하게 되었다네. 그래서 그들은 팔로 상대방을 껴안고 서로 얼싸안으며 한 몸이 되기를 원하고, 상대방 없이는 아무것도 하려 하지 않아서 굶주림 또는 무기력으로 죽을 지경에 이르렀다네.

따지고 보면, 우리 각자는 반쪽에 불과하다. 사랑이란, 다시 따지고 보면, 잃어버린 반쪽을 찾아 완전을 이루고자 하는 욕망과 다름없다. 그리하여 아리스토파네스의 이야기는 이렇게 정리된다.

결과적으로 우리들 각자는 하나가 둘로 나뉜 존재, 즉 반편半偏의 사람이어서, 그 모습이 마치 넙치 같다네. 그리하여 우리들 각각은 자기로부터 나뉘어 나간 또 다른 반편을 끊임없이 찾게 되는 것이라네.

어릴 적 그림책에서 보았던 내용을 확인하는 순간이 아닐 수 없다. 그렇다고 그 그림책 저자를 저작권 침해자로 볼 수는 없는 노릇이다. 그이가 남보다 한발 앞서, 그리고 현대적으로 재해석해 독자들의 눈높이에 맞는 그림책을 써냈을 뿐이다. 고전을 읽은 자와 읽지 않은 자는 이렇게 확연히 갈라진다. 읽은 자는 생산자의 대열에 서 있지만, 읽지 않은 자는 소비자의 부류에 들어가 있게 될 뿐이다.

또 있다. 플라톤이 쓴 책은 결국 소크라테스가 주인공이다. 정말 소크라테스가 한 말인지, 아니면 소크라테스를 빙자해 플라톤 자신이 하고 싶은 말을 늘어놓는 것인지는 알 수 없지만, 어찌하였든 소크라테스를 주목해야 한다. 소크라테스는 자신이 만

티네이아의 여인 디오티마와 에로스의 본질을 주제로 토론한 적이 있다고 너스레를 떤다. 디오티마는 "결론적으로 사랑은 좋은 것을 영원히 소유하려는 욕망"이라고 정의한다. 그리고 에로스는 일반적으로 생각하는 것처럼 아름다움에 대한 사랑이 아니라고 일침을 놓는다. "그것은 아름다움 속에서 생산하고 분만하는 것에 대한 사랑"이다. 그렇다면 왜 생산을 하는 것일까. "생산을 통해서만 영원불멸할 수 있기 때문"이란다. 이를 다시 정리하자면, 불멸을 꿈꾸는 자가 사랑을 하는 것이란다. 이 불멸을 성취하는 방법은 두 가지다. 후세를 낳는 것이 그 하나요, 넓은 의미의 예술에 종사하는 것이다. 가만히 보면, 이 역시 우리가 널리 들어오던 바 아니던가.

고전을 읽어야 할 이유는 참으로 많을 터이다. 그런데 『향연』을 읽다 보면, 내로라하는 사람들이 하는 말이 사실은 고전을 주춧돌로 삼고 있음을 확인하게 된다. 하늘 아래 새로운 것은 없을지도 모른다. 다른 사람의 사유를 밑바탕으로 자기 논리의 집을 짓는 것이리라. 스스로 사유력과 논리력이 부족하다고 생각하는가. 그렇다면 망설일 필요 없이 고전을 읽어 보면 되리라. 무엇부터? 이런, 눈치가 이렇게 없어서야. 그야 당연히 뒤풀이 자리에서 벌어진 말의 성찬을 기록한 『향연』이 아니겠는가.

유토피아여, 이 시대에 침을 뱉어라

토머스 모어의 『유토피아』

비쩍 말라비틀어졌다. 유토피아에 대한 꿈이. 이제, 더 나은 세상을 꿈꾸지 않는다. 지금 이곳의 삶이 축제인데, 다른 세상을 꿈꾼다는 것이 무에 가치 있냐며 비아냥거린다. 꿈보다 현실이 더 빠르니, 꿈의 가치가 희석될 수밖에. 그러니 즐기면 된다. 감각과 감성에 맞게 살면 된다. 이 태평세월이 쭉 이어질 터. 부어라, 마셔라, 놀아라!

그런데 과연 그럴까. 티에리 파코는 『유토피아』에서 묻는다. 혹 "더 이상 유토피아를 만들어 낼 수 없는 우리 사회가" 문제 아닌가. 자고로 유토피아는 음울한 시기에 만들어져 널리 퍼졌다. 세계적 차원에서 양극화가 벌어지고 있는 오늘이야말로 역사상

가장 우울한 때이다. 그럼에도 추악한 현실의 몰골을 비춰 줄 거울로서 유토피아를 말하지 않고 있다. "자신에 만족하며, 정신적인 것보다 물질에, 가능성 있는 것보다 수익성에, 미지의 것보다 이미 아는 것에 우위를 두는 사회에" 살고 있는 탓이다.

누군가 말하리라. 현실 사회주의의 몰락으로 유토피아의 유효성은 이미 끝장나 버렸다고. 하나, 그렇지 않다. 레이몽 뤼에르는 "유토피아는 대개 오산이었지만, 거짓말인 경우는 거의 없었다."고 말했다. 여기에 "실패로 보기보다 시기적으로 너무 빨랐던 시도"라는 티에리 파코의 말도 덧붙여 놓는다. 유토피아는 한낱 '개꿈'이 아니다. 그것은 시대의 한계를 돌파하려는 집단 무의식의 발로다. 오히려 유토피아가 말해지지 않는 현상이 수상한 시대라는 증표다. 우리가 더 이상 새로운 모험에 나서지 않고, 권력의 죄악을 고발하지 않으며, 불의와 이기주의를 맹공하지 않고, 새로운 상상을 자극하고 희망을 키우지 않는다는 뜻이기 때문이다.

그렇기에 모어의 『유토피아』(주경철 옮김, 을유문화사 펴냄)를 다시 읽는 것은 값진 일이다. 더 나은 세계에 대한 염원을 일러 유토피아라 이름 짓게 된 것도 이 책 덕분이었다. 어리석었든 치졸했든 성급했든 숱한 사람이 유토피아를 실현하려 몸부림쳤던 것도 다 이 책 덕분이었다. 오늘, 우리 가슴에 꺼진 유토피아의 불씨를 되살려 주는 것도 이 책이다.

라파엘 히슬로다에우스가 유토피아를 입에 올린 것은 현실을 통렬하게 비판하고 나서다. "내가 찾아볼 수 있는 것이라고는 단지 공화국이라는 이름 아래 자신의 이익만을 더욱 불려 가는 부자들의 음모뿐"이었다. 그가 보기에 "돈이 모든 것의 척도로 남아 있는 한, 어떤 나라든 정의롭게 또 행복하게 통치할 수" 없고, "재산이 소수의 사람에게 한정되어 있는 한 누구도 행복할 수" 없다. 반면, 유토피아는 달랐다.

"공공의 필요만 충족되면 모든 시민이 가능한 한 육체노동을 하지 않고 자유를 향유하면서 시간과 에너지를 아껴서 정신적 교양을 쌓는 데 헌신하도록" 했다. 그리고 "공동체 생활과 화폐 없는 경제"를 체제의 근간으로 삼았다. 극단적 이기주의가 관통하는 세상에서 더불어 살아가는 공동체를 꿈꾸기. 그것이 모어가 말한 "희망의 지리학"이었던 셈이다.

누군가 또 말하리라. 유토피아는 히슬로다에우스라는 이름에 그 운명이 예언되어 있으니, 한낱 허튼소리일 뿐이라고. 아니다. 우리 시대가 건강해지려면, 김수영에 빗대어 말해야 하리라. 유토피아여, 더 나은 세상에 대한 꿈을 교살하는 이 시대에 침을 뱉어라, 라고.

악마의 험담에
숨은 진실도 살피는 태도

존 스튜어트 밀의 『자유론』

존 스튜어트 밀의 『자유론』(서병훈 옮김, 책세상 펴냄)은 '민주화 이후의 민주주의'를 고민하는 사람들에게 많은 것을 일러 주는 고전이다. 우리의 상황은 마치 여행이 시작되자 길이 끝난 꼴이다. 절차적 민주화라는 높은 산을 넘어서자 이번에는 사회 갈등의 극대화라는 늪에 빠져 버렸다. 역사의 수레바퀴는 더 굴러가지 못하고 외려 뒤로 밀려가는 듯하다. 『자유론』에는 옴짝달싹 못하는 수레를 밀어 줄 강한 힘이 내장되어 있다.

『자유론』의 주제는 "사회가 개인을 상대로 정당하게 행사할 수 있는 권력의 성질과 그 한계"에 맞추어져 있다. 그리고 밀이 힘주어 말하는 결론은 "다른 사람의 행동의 자유를 침해할 수 있는 경우는 오직 한 가지, 자기 보호를 위해 필요할 때뿐"이다. 하고 싶은 말을 머리말에서 다한 밀은 제2장에서 토론과 논쟁의 가치에 대해 의미 있는 분석을 한다. 내가 보기에, 이 장이야말로 '민주주의의 민주화'를 이루는 데 도움이 될 '원유'가 무진장 묻혀 있는 대륙붕이다. 나는, 정치란 "갈등을 민주적으로 표출하고 정당을 매개로 이를 민주적으로 해소하는 과정이며, 그 효과가 사회의 통합을 가져온다."는 정치학자 최장집의 주장에 동의하는 축에 든다. 그렇다면 현실적으로 갈등의 제도적 경쟁과 타협은 어떤 과정을 거쳐야 하는가 고민하게 되는데, 그것은 토론과 논쟁일 수밖에 없다고 본다.

원론적으로 말하면, 대화와 토론은 오류 가능성을 줄이기 위해서 요구된다. 완고하다는 로마 가톨릭교회의 행사 가운데 주목할 만한 것이 있다고 밀은 말한다. 새로운 성자를 인정하는 시성식諡聖式에 '악마의 변'을 듣는 시간이 마련되어 있다. 악마의 험담에 혹 약간의 진실이라도 있는지 따져 보기 전에는 서둘러 성인의 자리에 올리지 않겠다는 의지가 담겨 있다. 경쟁이 오류 가능성을 놓고 벌어진다면, 타협은 "틀린 것은 고치고 부족한 것은 보충하는" 데서 일어날 터다. 밀은, 대립하는 두 주장이 한쪽은 진리이고 다른 쪽은 틀린 것으로 나뉘지 않는다고 생각한다. 각각 어느 정도씩 진리를 담고 있게 마련이라는 뜻이다. 여기서 다수파가 횡포를 부리지 못하고 사회적 소수자나 약자의 의견을 정책에 반영할 가능성이 열린다.

『자유론』이 우리 시대의 약인 것만은 아니다. 제5장 '현실 적용'은 독이 될 수도 있다. 자유 거래의 원리를 설명하면서 시장의 우월성을 강조하는 대목이 나오기 때문이다. 밀의 시대에는 정부 간섭의 최소화가 투쟁의 산물이었다. 그리고 그것이 자본주의 발전에 큰 영향을 끼쳤다. 그러나 '주주 민주주의'라 일컫는 신자유주의 시대에는 정부의 적극적 개입이 그 어느 때보다 긴요해지고 있다. 자유의 극단화가 평등의 최소화를 몰고 온 현실을 직시해야 한다. 어찌 됐든, 밀은 여러모로 옳다. 당장, 토론과 논쟁을 통해 밀의 주장 가운데 약은 받아들이고 독은 버려야 하니까 말이다.

시대의 거짓과 맞선 검객

장 폴 사르트르의 『말』

내가 사르트르에 다시 관심을 기울이기 시작한 것은 땅끝마을에 다녀온 다음부터다. 그때 내 심신은 극도로 지쳐 있었다. 이 세상과의 불화가 극치에 다다랐고, 내가 과연 이 땅에 뿌리를 내리고 살아갈 만한 능력이 있는지에 대해 심각하게 고민했다. 나는 그 이유나 잘잘못이 어디에 있든 '현재'의 내가 싫었다. 사람의 눈길이 닿지 않는 그윽한 곳에서, 마치 뱀처럼, 홀로 몸부림치며 낡은 껍질을 벗어 버리고 싶었다. 내 마음은 시간이 흐를수록 비장해져 갔고, 어디론가 떠나고 싶어 안달이 났다.

그래서 택한 것이 땅끝마을이었다. 땅의 끝이라는 지명은 '황홀한 절망'이라는 이미지를 나에게 안겨 줬다. 그곳은 분명 땅의 끝이기에 절망스러울 것이요, 같은 이유로 그곳은 바다로 향한 화려한 열림의 공간일 것이다. 그 역설에 이끌려 나는, 비에 젖은 낡은 외투 같은 내 영혼을 질질 끌고, 땅끝마을로 향했다. 그렇지만 먼 길을 다녀와서도 내 병은 조금도 치유되지 않았다. 소득이라면 한동안 쪽빛의 남해 물결이 꿈의 배경으로 넘실거렸다는 것뿐. 그러고는 이상하게도 사르트르의 책을 수집하기 시작했다.

행복한 아웃사이더

왜 그랬을까? 생각해 보면, 아마 나는 그때 거인이 그리웠나 보다. 삶의 소인배들이 무공을 뽐내는 삼류 무림의 세계에 진력이 난 나는, 걸음걸이는 둔중하지만 저 앞을 내다보는 탁 트인 시선을 가진 거인에게 기대고 싶었던 것이리라. 그런데 숱한 거인 가운데 왜 하필이면 사르트르였을까. 그는 내가 이십 년이나 지켜 온 낡은 세계관을 부순 사람이었다. 내가 대학에 들어가서 처음으로 읽은 책은 사르트르의 『지식인을 위한 변명』이었다. 무슨 큰 뜻이 있어서가 아니었다. 대학생이 됐으니, 유명한 철학자의 책을 한번 읽어나 보자는, 가벼운 마음으로 책장을 넘겼다. 하지만 가벼웠던 손길은 책장을 넘기면서 점점 무거워져 갔다. 책을 덮고 났을 때 나는, 내 눈을 덮었던 비늘이 한 겹 벗겨져 나가는 것을 느꼈다.

'첫 경험'의 기억은 그토록 강한 환기력을 가지고 있는 것인가. 대형 서점과 헌책방을 뒤져 모으기 시작한 사르트르의 책은 어느 덧 내 서가의 한 칸을 당당하게 차지했다. 책을 모았으니, 남은 일은 읽는 것뿐이다. 순서는 이미 정했다. 가장 먼저 사르트르의 자서전『말』(정명환 옮김, 민음사 펴냄)을 읽어 나갔다. 내가 이 책을 먼저 읽은 것은 두 가지 이유에서다. 첫째는 사르트르가『현대』지에『말』을 연재한 때가 바로 내가 태어난 해라는 점 때문이다. 우연의 일치지만 같은 해에 태어났다는 것만으로도 나는 이 책에 무한한 동료 의식을 느꼈다. 두 번째 이유는 이 책의 내용이 사르트르의 유년 시절을 그리고 있다는 점이다. 어린 시절의 체험은 한 인간의 생애를 좌우하는 법이다. 도대체 어떤 묘목이 자라 사르트르라는 거목이 되었는지를, 이 책이 적나라하게 보여 주리라 기대했다.

그런데 자서전을 읽을 때 반드시 유념해야 할 사항이 하나 있다. 자서전에는 글쓴이 자신이 무의식적으로 저지르는 '역사 왜곡' 부분이 있게 마련이라는 점이다. 자신을 좀 더 화려하게 수식하고 싶은 욕심에 있지도 않은 체험을 천연덕스럽게 늘어놓는다든지, 남에게 공개적으로 말하기 부끄러운 부분은 슬쩍 넘어간다든지 하는 일이 왕왕 벌어지곤 한다. 프로이트가 말한 '가족 로맨스'도 이 같은 맥락에서 이해할 수 있다. 프로이트는, 별 볼 일

없는 현재의 자기 부모는 가짜고 신분이 높은 누군가가 자신의 진짜 부모라고 상상하는 것을 가리켜 가족 로맨스라 이름 지었다. 공개적으로 이런 상상을 자기도 해 봤다고 말할 사람은 드물겠지만, 어린 시절 누구나 한 번쯤은 품어 보았을 법한 이야기다. 당장 괴테가 그런 욕망의 편린을 『시와 진실』에서 솔직히 털어놓았다. 어린 시절의 괴테는, 아버지가 변호사라는 게 못마땅해 지방 유지의 집에 걸려 있는 귀족의 초상화에서 자신이 닮은 부분이 있는지 찾으려고 애썼다.

그러면 사르트르는 어떤가. 자서전의 앞부분이 대개 그러하듯, 사르트르도 자신의 가계家系를 장황하게 늘어놓고 있는데(유명한 알베르트 슈바이처 박사가 그의 외당숙이다), 이 부분에서 독자들은 충격을 받지 않을 수 없다. 남들은 자기 아버지를 좀 더 신분이 높은 인물로 바꿔치기하고 싶어 안달하는 마당에, 사르트르는 그의 나이 두 살 때 돌아가신 아버지에 대해 "아버지의 죽음은 내 생애의 큰 사건이었다. 그것은 어머니를 사슬로 묶고 내게는 자유를 주었다."고 말하고 있다. 그러나 "이런 후레자식 같으니!"라고 흥분하면, 우리는 사르트르를 제대로 이해할 수 없다. 흔해 빠진 도덕적 잣대로 사르트르를 재단해서는 안 된다. 기실 지성사적 입장에서 보면 사르트르는 분명 행운아였다. 김붕구가 지적한 대로, 작열하는 아프리카로 달아나고 『지상의 양식』에서 가족을 버리라고 절규했던 앙드레 지드의 경우와 비교하면, 사르트르는 행복한 아웃사이더였다(창조적 행위는 체제 바깥에 서 있을 때 비로소 가능하다는 말을 새삼 강조할 필요는 없을 성싶다).

아버지를 잃은 사르트르는 어머니와 함께 외할아버지 댁에서 열한 살 때까지 살게 된다(출생부터 이 부분까지가 『말』의 시간적 배경이다). 유능한 독일어 선생인 외할아버지는, 사르트르를 하늘이 베풀어 준 자신의 장난감으로 여겼다. 외손자의 귀여운 재롱을 보며 말년을 보낸다는 것은 외할아버지에게는 큰 복이었다. 그러나 이때의 자신을 가리켜 사르트르는 어릿광대이자 사기꾼이라고 표현했다. 늘 할아버지의 마음에 들기 위해(그렇지 않으면 당장 어머니와 함께 쫓겨나거나, 할아버지의 관심이 다른 곳으로 쏠릴 수도 있으니까) 연극적인 포즈를 지어 가며 살아야 했다(이 체험은 훗날 그의 철학에서 '태도의 희극'이라는 이론으로 나타난다). 이 지겨운 광대 놀이에서 그를 구해 준 것은 책 읽기였다. 글을 알기 전부터 외할아버지의 서재를 뒤적거리던 사르트르는 동화책 한 권을 통째로 외워 글을 깨쳤다. 사르트르에게 책 읽기는 일종의 종교 행위였다. "나에게는 세상에 책보다 더 중요한 것은 아무것도 없었다. 서재, 나는 거기서 대사원을 보았다."고 사르트르는 회고한다.

이제 사르트르는 책벌레에서 책 나비로 화려하게 변신한다. 그가 글을 쓰기 시작한 것이다. 소설 노트를 마련해 모험소설에서 읽은 것을 이것저것 짜깁기해 작품을 완성했다. 외할아버지는 글쓰기에 반대했지만, 사르트르는 글쓰기에 탐닉했다. 사르트르가 글쓰기에 매달린 것은, 자기가 놓인 존재론적 상황을 넘어서기 위해서였다. 사르트르는, 외할아버지가 언제든지 자기를 버리고 다른 대상에서 즐거움을 느낄 수도 있다는 공포감에 젖어 있었다. 자기는 그 무엇의 대용품일 뿐, 할아버지가 반드시 필요로 하는 존재가 아니라는 것을 깨달은 것이다(이 체험을 발전시켜 사르트르는 '존재의 무근거성' 이론을 세우게 된다). 주인공의 존재 근거가 필연적이지 않은 소설이란 있을 수 없다. 사르트르는 자신이 만들어 낸 소설 주인공과의 동일시를 통해 존재론적 불안을 극복해 나간 것이다(이후의 삶에 대해 사르트르는 다른 기회에 이야기하겠다고 약속했다. 그러나 안타깝게도 그 약속은 지켜지지 않았다).

"오랫동안 나는 펜을 검으로 여겨 왔다"

지금도 사르트르의 무덤에는 늘 장미꽃이 놓여 있다고 한다. 아비 없는 후레자식이자 어릿광대 출신인 사르트르에게 그토록 많은 사람이 애정을 품고 있는 이유는 무엇인가. 이 책의 끝부분에 나온 한 구절, 즉 "오랫동안 나는 펜을 검으로 여겨 왔다."에서 그 해답을 찾을 수 있을지도 모른다. 사르트르는 실존의 벽 앞에 주저앉아 있는 현대인에게 자신을 도약대로 삼아 그 벽을 넘어서라고 독려했다. 그리고 사르트르는 정열적으로 시대의 온갖 거짓 이데올로기와 싸웠다. 사람들이 사르트르를 그리워하는 것은 그의 끊임없는 자기반성과 현실 참여 정신이 오늘에도 여전히 유효하다고 생각하기 때문인지도 모른다. 나 역시 마찬가지다. 아직도 내가 사르트르의 책을 모으고, 읽는 것은, 내 젊은 날의 궁핍했던 정신에 울려 퍼졌던 사르트르의 목소리를 다시 듣고 싶기 때문이다. 덧붙이는 말 한마디. 그 목소리 덕에 나는 더 이상 땅끝마을을 그리워하지 않게 됐다. 나는 현실과 맞설 수 있는 용기를 되찾은 것이다.

진실과 정의를
지키는 자들을 위하여

에밀 졸라의 『나는 고발한다』

1894년 9월 말, 뒷날 '명세서'라 이름 붙은, 독일 대사관에서 훔친 익명의 편지 한 장이 프랑스군 정보부 손에 들어왔다. 군 기밀 사항을 독일에 전달하려는 의도가 담긴 편지였다. 이미 한 해 전 '불한당 D' 편지로 긴장해 있던 참모본부는 군에 암약하는 간첩이 있다고 판단, 즉각 범인 색출에 나섰다. 범인은 참모본부의 사정을 잘 아는 인물로 결론 났다. 명세서 내용에 참모본부에서 극비리에 취해진 대포 작동법 시안을 암시하는 내용이 들어 있고, "새로운 작전이 나오면 몇 가지 변경될 것"이라는 문구가 있었기에 그러했다. 명세서와 필체가 비슷한 인물을 조사했고, 마침내 유대계 장교인 드레퓌스가 범인으로 지목되었다.

신속한 군 당국의 결정에도 드레퓌스가 범인이라고 보기에 어려운 점이 많았다. 논란이 되었던, 명세서와 필체가 유사하다는 것 말고는 내세울 만한 증거가 없었다. 일부 언론은 그가 유대인이라는 점에 초점을 맞춰 간첩설을 옹호했다. "드레퓌스의 도덕성, 부유한 환경, 범죄 동기의 부재, 끝없는 무죄의 외침"은 설득력을 얻지 못했다. 속임수와 음모, 위증으로 범벅이 된 재판을 통해 드레퓌스는 유죄가 인정되고 치욕적인 군적 박탈식을 겪어야 했다. 대다수의 사람은 이제 끝났다고 생각했다. 조국을 배신한 유대인을 처단했으니 만족스러웠다. 그러나 조제프 레나크의 말대로 "프랑스가 마지막이라고 생각하던 페이지 위에 정의로운 사람들은 '다음 호에 계속'이라고 써 놓았다."

결정적 반전은 이른바 '파란 엽서'로 일어났다. 독일 무관이 프랑스 장교와 거래를 하고 있다는 내용이 암시된 이 엽서로 에스테라지라는 인물이 부각된다. 피카르 중령은 명세서와 에스테라지의 필체가 일치한다는 사실을 밝혀내고, 이 과정에서 드레퓌스의 무죄를 확신하게 된다. 피카르는 잘못된 판결을 바로잡고 배신자를 세상에 제대로 알리려 했다. 그러나 군부의 핵심층은 이를 반기지 않았다. 그를 튀니지로 좌천시킴으로써 무엇을 원하는지 명백히 밝혔다. 권력자들은 갓 솟아난 진실의 싹을 무참히 잘라 냈지만, 양심에 자리 잡은 뿌리줄기만큼은 뽑아내지 못했다. 이제 거짓에 맞서는 정의로운 인물들의 연대가 이루어진다. 그 대열에 『나는 고발한다』(유기환 옮김, 책세상 펴냄)로 "진실이 전진하고 있고, 아무것도 그 발걸음을 멈추게 하지 못하리라."고 외친 에밀 졸라가 있었다.

과연 진실과 정의를 포기해야 할 순간이 있을까?

드레퓌스 사건을 둘러싼 당시의 분위기는 "광기, 어리석음, 기괴한 상상력, 비열한 경찰 근성, 종교재판식의 매도, 전제적인 폭압"이었다. 이성과 합리, 그리고 양심이 들어설 틈이 좀처럼 보이지 않는 참담한 상황이었다. 졸라는 바로 이 거대한 벽에 맞섰고, 이를 부추긴 권력자들을 당당하게 고발했다.

나라가 이토록 심각한 위기에 빠진 것, 그것은 정치적 이해관계 때문에 범죄자들을 보호하려는 권력자들, 진실의 빛을 막을 수 있으리라 여기며 모든 것을 거부한 권력자들의 과오에서 비롯되었습니다. 암흑이 지배하는 세상을 만들기 위해 권력자들은 막후에서 온갖 음모를 다 꾸몄습니다. 오늘날 우리나라가 처한 끔찍한 혼란의 유일한 책임자는 바로 그들, 권력자들입니다.

졸라가 고발한 권력의 맨 앞자리에 군부를 놓을 수 있다. 군대를 지킨다는 명분 아래 비열한 음모를 꾸몄고, 진실을 땅에 묻으려 했기 때문이다. 하나, 알고 보면 그들이 지키려 한 명분이란 고작 몇몇 장교와 장군의 출세일 뿐이었다. 졸라는 이들이야말로 프랑스의 훌륭하고 위대한 가치를 진창 속에 내동댕이친 날강도들이라고 규탄했다. "국군 만세!"라는 외침에 "유대인을 죽여라!"라는 외침을 뒤섞는 그들이야말로 군대의 명예, 이 위대한 국군의 명예를 짓밟는 자들임을 주장한 것이다.

그 뒤를 행정부 수반과 신문들이 따른다. "드레퓌스 사건에서 행정부가 취한 기이한 태도, 행정부의 침묵, 행정부의 딜레마, 진실을 밝힐 책임이 있음에도 불구하고 오히려 나라를 사기극의 희생물이 되도록 방치함으로써 행정부가 저지른 죄악"을 고발했다. 실제로 여러 차례 진실을 밝힐 수 있는 기회가 있었음에도 행정부는 이를 바로잡으려 하지 않았고, 사건을 정치적 술수로 무마하려 들었다. 드레퓌스가 무죄를 선고받은 것이 1906년이었으니, 진실이 빛을 보는 데 무려 12년의 세월이 걸렸다. 몇몇 신문이야말로 광기를 퍼뜨린 주범이다. 관용의 정신을 저버리고 반유대주의라는 광기에 기름을 부었다. 정직했던 신문도 암묵적 동조자로 전락하고 말았다. 선동당한 여론에 배신자로 낙인찍힐까 봐 전전긍긍했다.

국회도 자유롭지 못하다. 졸라를 법정에 세우도록 선동한 곳이기도 했으니 말이다. 졸라는 이들을 싸잡아 이렇게 말했다. "대중의 양심을 흐리게 하고 민족 전체를 방황하게 하는 범죄를 저지른 저 인간 몰이꾼들, 노회한 논쟁가들, 광기 어린 선동가들, 협애한 애국자들"이라고.

졸라는 의혹이 제기되었을 때 진실을 규명했더라면 광기가 활개치는 일은 없었을 것이라고 했다. 그리고 "결정적 증거 앞에서도 오류를 인정하지 않으려고 고집하는 날, 바로 그날 진정한 과오가 시작"된다고 진단했다. 하지만 권력은 정반대의 길을 걸었고, 그 결과 "정의를 희구하기 위해서는 백치나 주구로 취급당해야 하는 끔직한 혼란에 직면"해야만 했다.

졸라는 자신의 과오를 고백하는 데도 인색하지 않았다. 자신이 한동안 드레퓌스 사건에 대해 신중한 태도를 보인 것을 놓고 반성했다. "너무나 괴상하고 불합리하게 보였기에 나 역시 의심했으나 어찌할 수 없었던 많은 것, 오늘날에는 그 진실이 만천하에 밝혀진 많은 것에 대해 침묵했음을 인정"했다.

드레퓌스 사건을 둘러싼 졸라의 글은 빼어난 수사를 바탕으로 선명한 웅변조로 쓰였다. 그렇다고 목청만 높은 것이 아니라 논리적 설득력도 갖추고 있다. 그 가운데 광기에 휩싸인 대중들의 허를 찌르는 대목이 있으니, 독일 정부가 진실을 알고 있다는 것을 환기한 점이다. 지금 프랑스의 힘으로 진실을 밝혀내지 못하면 언젠가 독일이 관련 자료를 만천하에 공개, 프랑스를 모욕할지 모른다고 했다. "내일 전쟁이 발발하면, 독일은 아마도 문서를 공개함으로써, 몇몇 지휘관이 저지른 가증스러운 불의를 제시함으로써 전 유럽의 눈앞에서 우리 군대의 명예를 더럽히는 일부터 시작하지 않겠는가?" 잠재적인 적이 진실을 알고 있는데도 거짓을 고집하는 일이 얼마나 어처구니없는 일인지 일침을 놓은 것이다.

졸라는 "정의를 위해 싸우는 것이 곧 조국을 위해 싸우는 것"이라고 내내 주장했다. 그리고 국익을 위해서라면 진실과 정의를 포기해야 할 순간도 있다는 주장에 "당신은 도대체 이 나라의 민주주의에 어떤 교훈을 남길 수 있"겠냐고 되물었다. 이런 궤변이 "국민의 양심을 어둠 속에 몰아넣어 끝없이 타락시"킬 수도 있다는 뜻이다. 졸라가 줄곧 지켰던 기준은 한 가지다. "조국의 영혼, 조국의 정력, 조국의 승리는 오직 정의와 관용 속에 존재함을 기억"하자는 것이다.

드레퓌스 사건과 황우석 사건의 유사점

드레퓌스 사건과 황우석 사건은 놀라울 정도로 유사한 면이 있다. 사건이 발생한 지 제법 시간이 지나 청소년들은 이 사건을 잘 모를 터이다. 이 사건은 "사람 난자로부터 환자 맞춤형 체세포

복제 배아 줄기세포를 세계 최초로 추출했다는 내용으로 2005년 『사이언스』지에 실린 황우석 서울대 수의대 교수(당시)의 논문 조작 파문을 말한다."(한경 경제 용어 사전) 있지도 않은 줄기세포가 있다고 거짓 논문 쓴 것을 내부 고발과 언론의 집요한 추적으로 진상을 드러낸 사건이었다. 진실을 폭로했음에도 일반인들은 노벨상을 받을 만한 과학자라니, 엄청난 경제적 이익을 가져올 연구라니 하며 오히려 황우석을 옹호하는 일이 벌어졌다. 이 사건을 다룬 영화로 〈제보자〉가 있다. 권력이 거짓을 옹호하고, 선동당한 여론이 천박한 애국주의와 민족주의에 휩싸일 때 진실과 진리를 되찾는 것이 얼마나 어려운지 잘 보여 주고 있다. 드레퓌스 사건에 연루된 지식인들이 영광만 얻은 것은 아니다. '국익으로 미화한 국가 범죄'라는 망령과 싸웠던 쉐레르 케스트네르는 상원 부의장 재선에서 낙선했다. 라보리 변호사는 렌 소송 법정으로 가던 도중 두 발의 총탄을 맞았으나, 가까스로 목숨을 구했다. 졸라는 가스중독으로 죽었는데, 암살로 짐작되고 있다. 황우석의 윤리 위반과 논문 조작을 고발한 양심적인 지식인들이 오랫동안 수난을 당했다. 그이들에게 존경과 위로의 마음을 품고, 다음과 같은 졸라의 말을 전한다.

모름지기 진실과 정의를 위해 고통을 감수하는 자는 결국 존엄하고 신성한 존재가 되기 마련입니다.

인문학은 옹호하고 과학은 죽이는 프로이트

지그문트 프로이트의 『꿈의 해석』

이런 가상 법정을 상상해 보자.

평소 국가 안전을 기획하는 데 온 힘을 기울여 온 황제가 신하들의 휴대전화를 도청했다. 어느 날 충복 중에 충복으로 알려진 신하가 대역죄로 붙잡혀 왔다. 입이 방정이지, 자기가 전날 밤에 황제 죽이는 꿈을 꾸어 마음이 몹시 심란하다는 말을 가까운 벗에게 해 버렸다. 요즘으로 하면 검찰 같은 곳에서 즉각 사형에 처하려 했다. 그러자 법무부 장관쯤 되는 이가 훗날 과거사청산위원회 같은 곳에서 '사법 살인'이라 몰아붙일 가능성이 있으니, 재판은 하고 보자며 '지휘권'을 발동했다. 그리하여 재판이 열리고 세인의 이목을 끄는 증인으로 프로이트가 초청되었다.

용한 점쟁이들은 한결같이 꿈은 본디 미래를 내다보는 것이므로 신하를 사형에 처해야 마땅하다고 증언했다. 프로이트는 냉소를 머금은 채 반대신문에 응했다. 저 신하는 죄가 없소이다, 라고. 순간 법정은 소란스러워지고 장내를 겨우 정리한 재판관이 그 이유를 설명하라 하니, 프로이트는 이렇게 말했다. "과연 꿈의 가치는 미래를 알려 주는 데 있는가? 물론 그렇다고는 전혀 생각조차 할 수 없다. 그 대신 꿈은 과거를 알려 준다고 말하는 것이 더 정확한 것이다."

그러자 자존심 상한 점쟁이들이 들고일어나고 재판에 지면 황제에게 찍힐 것을 염려한 검사가 반론을 폈다. 막히면 에둘러 가야 하는 법, 프로이트가 뜬금없이 이런저런 꿈 이야기를 늘어놓으니 아래와 같다. 자신의 명저 『꿈의 해석』(김인순 옮김, 열린책들 펴냄)에 나온 내용이라는 토를 확실히 달면서 말이다.

프로이트가 이웃사촌과 함께 소풍을 간 적이 있다. 프로이트에게는 여덟 살 난 딸아이가 있었고, 이웃집은 에밀이라는 열두 살짜리 아들을 두었다. 다음 날 딸이 꿈 이야기를 들려주었다. "있잖아요, 아빠, 에밀이 우리 가족이 된 꿈을 꾸었어요. 에밀은 우리처럼 아빠, 엄마라고 부르면서 커다란 방에서 우리와 함께 잤어요. 그런데 엄마가 방에 들어와 파란색과 초록색 종이로 싼 커다란 초콜릿 한 움큼을 우리 침대 밑으로 던져 주었어요."

전날 기차역에서 아이들이 초콜릿 자동판매기를 보고 사 달라고 졸랐지만, 엄마가 사 주지 않았다. 그래서 꿈에 초콜릿이 등장한 것. 딸은 굳이 한 형제가 되지 않더라도 다른 남자와 함께 사는 방법을 알지 못했다. 그러니 녀석과 가족이 되는 꿈을 꾼 것. "꿈은 소원 성취"라는 것이다. 그러자 난리가 났다. 봐라, 자기들 말이 맞잖은가. 저 신하는 의당 황제를 죽이고 싶은 소원이 있었던 것이라고. 프로이트는 한 여인의 다른 꿈 이야기를 들려준다.

그녀의 언니는 일찌감치 큰아들을 잃었다. 그녀는 실제로 큰조카를 도맡아 키우다시피 했다. 그런데 꿈에 둘째 조카가 죽어서 자기 옆에 있는 것이 아닌가. 큰조카가 죽었을 때 펼쳐졌던 장면과 너무 똑같았다. 프로이트, 이름난 점쟁이들과 검사에게 물음을 던졌다. "그렇다면, 이 여인은 언니의 남은 자식마저 죽기를 바라는 악녀였다는 것이오? 아니면 큰조카를 너무 사랑한 나머지 둘째가 죽었으면 차라리 나을 뻔했다고 소망했던 것이오?"

썰렁해진 장내를 훑어본 프로이트, 자기가 던진 질문에 답변한다. 그녀는 언니 집에 들락거리던 한 남자와 눈이 맞은 적이 있었다. 작가이면서 교수였는데, 언니가 나서서 결혼을 반대했다. 그러나 그녀의 연심은 좀처럼 사그라지지 않았다. 꿈꾸기 바로 전날 그이가 한 연주회에 들른다는 소문을 듣고 그곳에 가 보기로 마음먹었다. 그래서 그 여인에게 프로이트가 물었단다. 큰조카아이가 죽었을 때 그이가 왔냐고. 답은 예상한 대로였다. 그녀에게 한 말을 프로이트가 인용했으니 이러했다.

이제 또 다른 조카애가 죽는다면, 그때와 같은 일이 되풀이될 겁니다. 당신은 언니 집에서 하루를 보내고, 틀림없이 교수는 문상하기 위해 다시 찾아올 것입니다. 당신은 그때와 똑같은 상황에서 그를 만나게 되겠지요. 꿈의 의미는 당신이 마음속에 억누르려고 애쓰는 재회의 소원입니다.

그러고 나서 힘주어 말했다. "꿈은 (억압되고 억제된) 소원의 (위장된) 성취다."

한참 어리벙벙해하던 점쟁이들 가운데 하나가 정신 차리고 반격에 나섰다. 당신의 이론에 비추어 보면, 저 신하는 곧 일어날 황제 살해의 기쁨을 며칠 앞당겨 꿈속에서 느꼈으니, 유죄라고 말이다. 싱겁게 끝날 것 같던 재판이 다시 균형을 잡았다. 이에 질세라 프로이트가 들려준 세 번째 이야기는 비스마르크가 기록에 남긴 꿈이다.

그가 알프스의 좁은 산길에서 말을 타고 길을 가고 있었다. 오른쪽은 낭떠러지였고 왼쪽은 암벽투성이였다. 길이 갈수록 좁아졌고 말은 나아가기를 꺼렸다. 길이 너무 좁아 돌아갈 수도, 그렇다고 말에서 내릴 수도 없었다. 그는 왼손에 든 채찍으로 매끄러운 암벽을 치면서 하느님을 불렀다. 채찍이 한없이 길어지며, 암벽이 무대배경처럼 무너져 내리고 넓은 길이 열렸다. 그 길을 통해 보헤미아의 구릉과 삼림, 깃발을 든 프로이센 군대가 보였다.

고
전
한
책
깊
이
읽
기

이 꿈에는 프로이센의 내부 갈등에서 벗어나고 오스트리아와 벌인 싸움에서 이기기를 바라는 비스마르크의 소원이 반영되어 있다. 그런데 이 꿈에는 또 다른 뜻이 스며 있다는 것이다.

말채찍은 '남근男根'의 상징이다. 그것이 한없이 길어지는 것은 유아기적인 리비도* 과잉 집중을 뜻한다. 채찍을 손에 든 것은 자위행위를 넌지시 이르고 있다. 하느님을 부르며 암벽을 치는 행위는 모세를 생각나게 한다. 여기에서는 복합적인 해석이 가능하다. 지도자 일반이 겪는 고충이 새겨져 있기 때문이다. 그러나 여기에도 역시 숨은 뜻이 있다. 건드리지 말라는 지팡이를 잡고 두드려 액체를 만들어 낸 모세에 빗대어 아동기 자위행위를 떠올린 것이다. 한 호흡 쉰 프로이트, 결정타를 날리는 발언을 한다.

아동기 이후 무수히 많은 성분을 가진 성 충동만큼 많은 억압을 받은 충동은 아무것도 없으며, 또한 그렇게 많은 강한 무의식적 소원을 남긴 충동도 없다. 이 소원들은 이제 수면 상태에서 꿈을 만들어 낸다. 꿈 해석에서 성적 콤플렉스의 이런 의미를 결코 잊어서는 안 되지만, 물론 그렇다고 오로지 그것만을 지나치게 과장해서도 안 된다.

리비도(libido): 사람이 내재적으로 갖고 있는 성욕 또는 성적 충동으로, 프로이트 정신분석학의 기초 개념이다.

충격에 휩싸인 방청객을 대상으로 프로이트는 부모의 죽음을 원한 꿈을 예로 들어 오이디푸스 콤플렉스에 대해 장황하게 설명했다. 장내는 공황 상태에 빠지고, 판사는 선고를 내리기로 결심한다. 황제를 죽이는 꿈을 꾼 신하는 무죄였다. 검사 측의 격렬한 항의를 들으며 퇴장하던 판사가 한마디 던진다. 우라노스를 거세한 것이 누구였고, 크로노스를 살해한 것은 누구였나?

『꿈의 해석』이 타고난 운명

두 번째 가상 법정을 상상해 보자. 이번에 불려 온 피고인은 프로이트. 무의식과 오이디푸스 콤플렉스라는 '유행어'를 만든 그이를 후대의 학자들은 어떻게 평가하고 있을까. 그 법정은 이미 열렸고, 판결문이 『대담』이라는 책의 한구석을 차지하고 있다. 세계 학계에서 프로이트 이론은 오래전에 과학의 영역에서 쫓겨나 임상에서도 자리를 잃어 가고 있다는 게 생물학자의 평가다. 이에 대해 한 인문학자는 프로이트 이론의 사상사적 가치를 주목할 필요가 있다고 대꾸했다. 계몽철학자가 말한 지식과 판단의 주인은 명징한 의식의 주체를 가리키는 것이다. 그런데 프로이트는 무의식 이론으로 이 같은 자아에 대한 환상, 그러니까 명징의식의 이데올로기를 뒤집어엎어 버렸다는 것이다.

인문학은 옹호하고, 과학은 죽이는 프로이트. 『꿈의 해석』은 본디 그런 운명을 타고난 모양이다. 책이 나오자마자 프로이트는 일군의 젊은 학자와 정신분석학파를 만들었다. 그러나 그 학파는 곧바로 분열되어 사상적 스펙트럼을 넓혔다. 그러면 프로이트는 이제 (과학의 검열에 따라) 지성사의 (억압된) 무의식이 되었나. '격세유전*'이라 하지 않던가. 자크 라캉이 "프로이트에게 돌아가자."며 그의 명예 회복을 선언했다. 억압된 것은 반드시 귀환하게 되어 있는 법이다.

깊이 읽기 / 사상

격세유전: 생물의 성질이나 체질 따위의 열성 형질이 1대나 여러 대를 걸러서 나타나는 현상

막스 베버의 『막스 베버 소명으로서의 정치』

친한 사람들과 함께하는 자리에서 분위기가 무르익으면 자연히 정치를 주제로 한 이야기를 나누게 된다. 그럴 때 내가 노골적으로 싫어하는 상황이 있다. 이른바 '~빠'라고 하는 이들이 특정 정치인을 옹호하며 그렇지 않은 사람을 비난하는 경우다. 그게 누구이든 한 정치인의 철학과 통치 방식을 무조건 지지하는 이의 발언을 들으면 한심하다는 생각이 든다. 무엇 때문에 저렇게까지 열정적으로 옹호해야 하는지 알다가도 모를 일이다. 한번은 그나마 객관성을 띤 '~빠'라고 여긴 친구에게 물어보았더니, 청소년이 연예인 좋아하는 것처럼 생각하라 했다. 부아가 나 성질을 부렸다. 정치가 연예계냐, 라고.

자신이 지지하던 정치인이 유언처럼 자기를 극복하라 했건만, 통치 시절의 실정마저 옹호하는 데는 아연실색하지 않을 수 없다. 최근에 주목 대상이 된 정치인이 어떤 비전을 품고 정치를 하고 있는지, 그가 대권을 장악하기 위해 부리는 묘수라는 것이 얼마나 속 들여다보이는 것인지 알아보지도 않은 채 옹호하는 것을 보면 적이 실망하지 않을 수 없다. 내가 궁금한 것은, 우리에게는 왜 이토록 한 정치인에 대한 교조*적인 옹호자들이 많은지 모르겠다는 것이다. 당혹스럽고 위험한 일이 아닐 수 없다.

'~빠'들과 나눈 대화가 늘 불쾌한 것은 그래서다. 특정 정치인을 옹호할 수는 있다. 그를 지지하는 사람들의 열망을 정치 현실에서 실현하기를 기대할 수 있다. 좌절하고 타협할 때 안타깝지만 그래도 지지할 수 있다. 그러나 결국 대의를 실현하는 데 실패했다면 비판해야 한다. 왜 그러했는지, 앞으로 어떻게 해야 실패를 줄일 수 있는지 고민해야 한다. 이 나라에 살면서 정치에 관심 있는 사람치고, 타협과 좌절이 없을 정치인이 있으리라 누가 생각하겠는가. 정치인은 시대정신의 제도적 실현을 위한 매개일 뿐이다. '~빠'가 뜻밖에도 많다는 사실은, 내가 보기에는 정치의식이 근대화하지 못했다는 증거일 뿐이다. 북한의 개인숭배와 무엇이 다른지 모르겠다는 생각이 간혹 들기도 한다. 그렇다고

교조(敎條): 역사적 환경이나 구체적 현실과 관계없이 어떠한 상황에서도 절대로 변하지 않는 진리인 듯 믿고 따르는 것

'~빠'들만 일방적으로 비난하는 바는 아니다. 대화가 가끔 감정 싸움으로 비화하면 스스로 깊은 절망에 빠진다. 그렇게까지 할 필요가 무에 있었겠느냐 하는 것이고, 저들이 교조적인 옹호자라면, 나는 베버가 말한 신념 윤리에 충실한 정치인을 원하는 것은 아닌가 반성한다.

이런저런 생각이 최장집이 해설하고 박상훈이 번역한 『막스 베버 소명으로서의 정치』(후마니타스 펴냄)를 읽게 했다. 정작 해설이 베버의 강연문보다 어렵게 쓰였다는 푸념을 하면서 말이다. 다시 읽어 보니, 마지막 부분이 감동을 주었다. 이 강의록은 급진적인 학생 운동권을 대상으로 1919년에 있었던 강연을 옮긴 것이다. 당시 독일 정치 지형도를 알아야 하고, 특유의 역사도 어림짐작해야 제대로 이해할 수 있다. 베버의 삶과 당시 독일 시대상은 최장집의 해설에 잘 나와 있다. 그럼에도 책의 편집 순서와 달리 베버의 강의록을 먼저 읽고 해설을 보는 것이 더 낫다. 각설하고, 강연 마지막 대목을 보자.

친애하는 청중 여러분, 10년 후에 이 문제에 대해 다시 한번 이야기하자. 여러 정황으로 미루어 볼 때, 그때는 이미 반동의 시대에 접어들었을 거라는 두려운 생각을, 나는 갖지 않을 수 없다. 또한 그때는 여러분들 가운데 많은 사람이—그리고 솔직히 나 자신도—바라고 희망했던 것들 가운데 실제로 실현된 것은 거의 없을 것이다. 아마 '전혀 아무것도' 실현되지 못했다고 말할 수는 없을 것이겠지만, 누가 봐도 거의 성취된 것이 없을 것이다. 그렇게 될 개연성은 매우 크고, 그렇다고 그것이 나를 좌절시키지는 않겠지만 그래도 이를 안다는 것은 심적으로도 힘든 일이다.

그때 나는 여러분 가운데 자신을 진정한 '신념 정치가'로 여기며 지금 이 혁명이 발산하는 열광을 공유하는 사람들은 과연 무엇이 되어—내적 의미에서 무엇이 '되어'—있을지를 보고 싶다.

이 땅에서 1980년대라는 혁명과 열정의 시대를 지내 본 사람으로서 베버의 말이 가슴을 치지 않을 사람은 없으리라. 함부로 말하면, 신념에 차서 대중을 선동했던 사람들 가운데 여전히 그 길을 걷고 있는 사람이 몇이나 있는가. 변호사가 되거나 도인이 되거나 했을 따름이다. 국회의원 되면 뭐하나. 거수기*로 전락하거나 비리에 연루되고 마니 말이다. 정치란 무엇이고, 정치가는 어떤 사람인지에 대한 깊이 있는 고민이 없었던 탓이다. 그렇다고 그 사람들을 비난하기 위해 이 책을 다시 읽은 것은 아니다. 앞에서 말한 대로 내가 '빠'를 비판하는 만큼이나, 나 자신은 지

거수기: 회의에서 손을 들어 가부를 결정할 때, 자기의 주장이 담긴 의견 없이 남이 시키는 대로 손을 드는 사람을 낮잡아 이르는 말

나치게 신념 윤리형이 아닌가 되짚고 싶어서다. 최장집이 해설
편에서 공들여 설명하고 있는 것도 신념 윤리와 책임 윤리다. 베
버는 신념 윤리를 신념 원칙에 따라 하는 행동, 그러니까 "종교
적으로 표현하자면 (…) 그 책임을 행위자에게 돌리는 것이 아니
라 세상의 책임이자 타인들의 어리석음 또는 인간을 어리석도록
창조한 신의 뜻으로 그 책임"을 돌리는 것이라 정의한다. 최장집
은 이를 "행위의 결과를 고려하지 않고, 그가 옳다고 생각하는
것을 말하는 도덕"이라 풀이한다. 도덕적 근본주의자를 떠올리
면 된다. 이에 비해 책임 윤리는 "자기 행위의 결과를 예측할 수
있는 한에서는 그 결과를 다른 사람에게 떠넘길 수 없다고 생각"
하는 것을 가리킨다. 베버는 왜 정치인의 윤리를 구분했을까. 그
답은 아래에서 찾을 수 있다.

> 선한 목적을 달성하기 위해 많은 경우 우리는 도덕적으로 의
> 심스럽거나 위험한 수단을 택하지 않을 수 없으며, 부작용이
> 수반될 가능성 또는 개연성을 감수할 수밖에 없다는 것이다.
> 또한 윤리적으로 선한 목적을 갖는다고 해서 그것이 윤리적으
> 로 위험한 수단과 부정적 결과를, 언제 그리고 어느 정도 정당
> 화해 줄 수 있는지를 지시할 수 있는 그 어떤 윤리도 세상에는
> 없다.

나는 베버의 주장에 동의한다. "권력과 폭력/강권력이라는 수단에 관여하려는 사람은 누구나 악마적 힘과 거래를 하게 되며, 그의 행위와 관련해 보면 선한 것이 선한 것을 낳고, 악한 것이 악한 것을 낳는다는 것은 사실이" 아닌 법이다. 정치란 그런 것이다. 그럼에도 나는 그동안 정치를 이념적 순결성의 측면에서 바라보았는지 모른다. 나 같은 이들에게 베버의 책은 정치를 냉정하게 직면하게 하고, 기대할 바가 어디까지인지를 명확하게 확정하는 계기를 마련해 준다. 내가 지지하는 것만 생각해서는 안 된다. 상대방에게도 강력한 지지 세력이 있게 마련이다. 정치는 타협의 산물일 수밖에 없다. 안타까워할 수는 있으나 전면 부정은 옳지 않다. 베버의 강의록을 읽으며 이리저리 정치에 대한 생각을 가다듬었다. 그러다 불현듯 떠오른 생각이 있다. '우리 정치의식은 어쩌면 베버가 말한 20세기 초 미국 노동자 수준에 머물러 있는지 모르겠다.'라고.

15년 전에 미국 노동자들에게 "왜 여러분은 여러분 스스로가 공공연히 경멸한다고 말하는 그런 정치가들이 당신들을 통치하도록 내버려 두느냐?"라고 질문했다면 우리는 이런 대답을 들었을 것이다. 우리는 당신들 나라에서처럼 우리에게 침을 뱉는 관료 계급보다는 차라리 침을 뱉을 수 있는 그런 사람들을 관료로 갖기를 원한다.

우리 사회가 정치나 정치인 혐오증에 깊이 빠져 있는 것은 부정할 수 없는 현실이다. 이 함정에서 벗어나기 위해서라도 베버를 읽어야 한다. 이 책은 정치적 동물인 시민을 위한 정치 교양서다. 분명히 정치를 위한 변명이긴 하지만, 당당히 변호하는 바도 있기에 그렇다. 그럼에도 베버를 넘어서야 할 대목은 있다. 투표 같은 방식으로 "정치적 의사를 표현할 때 우리는 모두 임시직 정치가다. 많은 사람에게 있어서 정치와의 관계는 이 정도가 전부"라는 주장이 그것이다. 경험으로 보건대, 정치가 여기에 머물 때, 진보 가치의 제도화는 물 건너가고, 이것이 반복되면 시민의 정치 무관심은 더 깊어질 가능성이 크다. 어떻게 해야 각성한 시민이 정치에 지속적으로 참여할 수 있을지 고민해야 한다. 최장집이 비판받는 것도 이에 대한 적극적인 대안을 제시하지 않아서인 듯싶다.

이제는 내가 바라는 정치인상이 되어 버린 베버의 말이 있다. 이런 정신으로 무장되지 않은 이들은 정치인이 되지 않았으면 좋겠다. 정치 말고도 좋은 세상을 만들기 위해 할 일은 널려 있다.

자신이 제공하려는 것에 비해 세상이 너무나 어리석고 비열해 보일지라도 이에 좌절하지 않을 자신이 있는 사람, 그리고 그 어떤 상황에 대해서도 "그럼에도 불구하고!"라고 말할 확신을 가진 사람, 이런 사람만이 정치에 대한 '소명'을 가지고 있다.

고전 한 책 깊이 읽기

간소하게, 간소하게, 간소하게 살라

헨리 데이비드 소로의 『월든』

책벌레로 호가 나다 보니, 사람들한테 곤혹스러운 질문을 받기 일쑤다. 세상에 나온 모든 이름난 책을 다 읽었냐는 듯이 물어 오는 것이 대표적인 경우다. 어찌 그럴 수 있겠는가. 남들 다 읽은 책을 나만 못 읽거나 안 읽은 경우가 많다. 그럴 때 전문가라는 사람의 답변은 궁색하기 짝이 없다. 바빠서였다든지, 관심 영역이 아니었다든지 하는 것은 위기를 넘기 위한 수사학이다. 따지고 보면, 게을러서 어려워서 이해력이 부족해서 읽지 못했거나 읽다가 중단한 적이 많다.

소로의 『월든』(강승영 옮김, 은행나무 펴냄)을 이제야 읽었다. 스스로 읽은 것도 아니다. 한 라디오방송에 고정 출연한 적이 있는

데, 이른바 '명작'류를 읽고 토론하는 식으로 꾸며졌다. 그 첫 방송의 대상으로 삼은 책이 『월든』이었다. 당연한 말이지만, 나는 읽지 않은 책은 추천하지 않는다. 혹, 추천해야 할 일이 있으면 읽지 않았으나 주변의 반응이 좋다는 식의 토를 단다. 고정 출연하다 보니 추천 위원도 겸하게 되었는데, 짐작할 수 있듯 이 책은 내가 뽑은 것이 아니라 다른 사람이 추천했다. 이른바 '강제 독서'를 하게 된 셈이다.

나는 통념과 달리 강제 독서를 즐기는 편이다. 내 관심 영역이 좁다 보니 모든 좋은 책이 두루 눈에 띌 리 없고, 그러다 보면 다른 사람이 좋다고 하는 것을 읽어 보는 짬을 내야 한다고 느끼기 때문이다. 더욱이 전문가랍시고 나대다 보니 다른 사람이 추천한 책을 읽어 보려고 한다. 교만해질까 봐 그렇기도 하고, 일반인의 눈높이에서 책을 읽어 보는 경험을 하기 위해서다. 물론, 다 읽고 나서 추천할 만한 이유를 찾지 못해 몹시 화나는 경우도 자주 있기는 하지만 말이다.

『월든』은 생각보다 두꺼웠다. 책 많이 읽은 사람은 이 말이 무엇을 뜻하는지 금세 눈치채리라. 명성에 비해 뒤로 갈수록 재미가 떨어지거나 이미 앞에서 말한 내용을 달리 표현할 뿐인 대목이 자주 나온다. 그러니까 이 책은 1장인 '숲 생활의 경제학'과 '맺는말'만 읽어도 된다. 한 권의 책을 반드시 다 읽어야 성미가 풀리는 사람이라면 당연히 완독해야겠지만, 책을 경제적으로 읽어

고전 한 책 깊이 읽기

야 할 필요가 있다면, 굳이 완독에 대한 강박에 시달릴 이유는 없다는 뜻이기도 하다.

이 책을 한마디로 정의하라면 '자발적 가난'에 대한 선언이라 할 수 있다. 못 배우고 가진 것 없고 물려받은 것 없어 가난하게 살아가려 하는 게 아니다. 그 가난은 반드시 극복해야 하고 사회적 관심과 배려의 대상이 되어야 한다. 하나, 자발적 가난은 외려 너무 많이 가지고 있는 게 영혼을 좀먹는다고 여겨 그것을 덜어 내려는 삶이다. "가장 현명한 사람들은 항상 가난한 사람들보다 더 간소하고 결핍된 생활을 해 왔다." 이 삶이 음풍농월이 아니라 도전인 데는 그만한 이유가 있다. 자발적 가난을 통해 자기 "내부에 있는 신대륙과 신세계를 발견하는 콜럼버스"가 되고자 하기 때문이다.

흔히 자연으로 돌아간다고 하면, 세상으로부터 등 돌리는 것을 뜻한다. 더럽고 치사하고 욕 나오는 세속을 버리고, 무구하고 싱그럽고 절연된 곳으로 삶을 옮기는 것이다. 거기에는 패배의 냄새도 나고 정치적 허무성도 묻어 있다. 한데, 소로의 삶은 그렇지 않았다. 그의 또 다른 명저 『시민의 불복종』에서 알 수 있듯, 현실과의 긴장을 늦추지 않았고 그 세계의 개선에 나름대로 이바지하려 했다. 자연으로 '퇴退'한 것은 현실로 '진進'하기 위해서였다고 하면 과장일까.

숲에서 보낸 소로의 삶에는 이중성이 있다. 책을 보면 마을에서 멀리 떨어진 듯하나 기실 상당히 가까웠다는 점, 그가 평생을 숲에서 보낸 것이 아니라 2년 반 정도만 살았다는 것, 1년에 6주만 일하고도 충분히 먹을거리를 확보했다는 것이 타당하느냐 하는 것 등이 부정적인 요소다. 정말, 이 책만 보고 귀농하겠다는 사람이 있다면 쌍수를 들어 말려야 한다. 우리가 『월든』에서 본받고자 하는 것은 그 '정신'이지 삶 자체라고 보기는 힘들다. 물론, 의지와 전망을 가지고 귀농하겠다면야 말릴 도리는 없다. 그것이야말로 실존적 결단일 터이니 말이다.

그럼에도 나는 『월든』에서 상당히 긍정적인 가치를 읽어 냈다. "간소하게, 간소하게, 간소하게 살라!"는 말에서는 지구온난화의 원인으로 지목된 과대한 에너지 소비를 반성하게 된다. "시간이 지나도 낡지 않는 것을 아는 일이 얼마나 중요한가!"라는 말에서는 시류에 휩쓸려 살아가는 삶을 성찰하게 된다. "탐욕과 이기심 때문에 그리고 토지를 재산으로 보거나 재산 획득의 주요 수단으로 보는… 천한 습성 때문에… 비천한 삶을 영위하고 있다."는 말에서는 부동산 광풍을 보며 느꼈던 씁쓸함을 되새김질했다. 이 책은 묻고 있다. 왜 일하느냐고, 왜 살아가느냐고, 왜 먹느냐고. 이를 달리 표현하자면, 지금 우리의 눈을 홀리고 있는 그 가치가 진정한 것이냐고 묻고 있는 셈이다.

직업이 직업이다 보니 『월든』에서도 '독서' 장을 눈여겨보았다. 거기에 이런 구절이 나온다. "발돋움하고 서듯이 하는 독서, 우리가 가장 또렷또렷하게 깨어 있는 시간들을 바치는 독서만이 참다운 독서인 것이다." 아, 나는 과연 이런 정신으로 책을 얼마나 읽었을까. 책을 직업으로 읽다 보니, 나는 흔히 '책 멀미'를 느끼곤 한다. 이름난 사람이 썼다고 하나 막상 읽어 보면 내용도 없고 자기 글을 다시 베껴 쓴 것도 나온다. 가능성 높은 신인이라 떠벌여 읽어 보면 아직도 영글지 않았는데 과대평가된 경우가 왕왕 있다. 이러니 실망감이 일어나고, 그러다 보니 긴장감을 잃어버리기도 한다.

다시, 나를 다독인다. 버릴 줄 알아야 한다고. 그것이 헛된 명예이든 물질이든 말이다. 다시, 모험을 떠나야 한다고. 지금 있는 것에 만족하지 않고 더 발전하기 위해서 말이다. 그래서 결심한다. 소로의 말대로 얽매임 없는 자유로운 삶과, 소박한 삶을 오히려 즐거워하며 살겠다고.

우주의 비밀을 밝히는 대화

베르너 하이젠베르크의 『부분과 전체』

드디어 읽었다. 속이 다 뻥, 뚫린 느낌이다. 마땅히 읽어야 하는데 읽지 못했다. 사정이 있다. 어쨌든 먼저 나온 책은 읽기 힘들었다. 번역 문제일 수도 있고, 내용이 이해하기 어려워서일 수도 있겠다. 그래도 새로운 번역이 나왔다길래 도전했다. 어차피 물리 이야기는 아무리 물리도록 들어도 모를 터. 거기다 양자역학이면 더 알아먹지 못하리라. 그래 봤자 자서전이지 않은가. 그 유명한 하이젠베르크가 어찌 살았는지에 초점을 맞춰 읽으면 되겠다 싶었다. 실제 읽으니 그랬다. 과학은 모르겠고 사람만 알겠더라는 말이다. 혹 다른 이들도 읽어 볼 만하냐고 묻는다면, 꼭 읽어 보라고 하고 싶다. 다 몰라도 다 알아먹은 듯한 착각을 불러일으키는 책이니까.

그런데 책 제목이 왜 『부분과 전체』(유영미 옮김, 서커스 펴냄)인지는 이해가 되지 않는다. 이 책의 제목은 마땅히 '천재들의 대화'라고 해야 한다. 물론 본인 스스로 천재라고 하기에는 민망하니, 앞의 말은 빼고 '대화'라고 해야 한다. 하이젠베르크도 이 점을 알고 있었다. 당연하지. 안 그러고서야 이런 식으로 책을 쓸리 없잖은가. 서문에서 이렇게 말했다.

> 이 책은 지난 50년간 내가 경험했던 원자물리학 이야기다. 자연과학은 실험을 토대로 한다. 자연과학자들은 실험이 갖는 의미에 대해 서로 논의하며, 대화를 통해 결과를 도출해 낸다. 자연과학자들이 나눈 대화가 바로 이 책의 주된 내용이다. 이 책을 통해 과학이 대화 속에서 탄생한다는 것을 여실히 알 수 있을 것이다. (…) 이 책에 나오는 대화는 원자물리학에 관한 것만은 아니다. 인간적, 철학적, 정치적 주제들도 종종 도마 위에 오른다. 자연과학은 이런 일반적인 문제들과 불가분의 관계에 있기 때문이다.

훌륭한 서문이다. 책의 성격을 정확히 드러내고 있다. 그러니 이 책이 원자물리학 분야를 중심으로 세기의 천재들이 나눈 대화의 기록이라는 점을 알 수 있다. 그런데 한 가지 더 알아야 한다.

과학 얘기만 나눈 게 아니라 인간, 철학, 정치도 주요한 주제였다는 점을. 책에 나오는 과학 이야기를 몰라도 읽어 볼 만하다는 이유가 여기에 있는 데다, 이러한 주제를 고민하는 물리학자를 만나다 보니 경탄을 금할 수 없게 된다. 책을 읽다 보면 자꾸 리처드 파인만이 떠오르는데 그런 점에서 유럽의 기풍과 미국의 기질을 어렴풋이 짐작할 만하다. 르네상스적 인물이라는 점에서는 공통점이 있는데, 한쪽은 인문학과 예술에 뿌리를 두고 있고, 한쪽은 팝 아티스트가 떠오른다.

첫 장부터 읽는 사람 심기를 건드린다. 화창한 봄날 고딩들이 하이킹을 갔다. 걸으면서 이들이 나눈 대화가 장난이 아니다. 하이젠베르크가 물리학 교과서에 실린 그림이 잘못되었다고 말했다. "탄소 원자 하나가 산소 원자 두 개를 만나서 탄산 분자를 이룬다는 걸 설명하기 위해 원자에 갈고리단추를 달아 놓아 원자들이 갈고리단추를 통해 분자로 합쳐지는 것처럼 되어 있었다."는 것. 그러자 개신교 장교 집안 출신으로 엔지니어를 꿈꾸던 친구가 대답한다. "원자에 갈고리단추를 달아 놓은 것은 탄소 원자 하나가 산소 원자 셋이 아니라 둘과 결합하게끔 하는 형식들이 있다는 것을 확실하게 보여 주기 위해서였을 거야." 이러구러 티격태격하자 독일 문학뿐만 아니라 철학에도 조예가 깊은 다른 친구가 끼어들었다. "너희 자연과학도들은 항상 경험을 끌어다 대지. 그로써 진실을 손에 넣었다고 믿어. 하지만 난 그게 맞는 건지 잘 모르겠어." 운운. 그러자 두 번째 친구가 발끈하며 불만을 터뜨렸다 "너희 철학자들은 정말이지 너무 빠르게 신학과 손을 잡아. 일이 어려워지면, 늘 모든 어려움을 저절로 해결하는 위대한 미지의 존재를 등장시키지. 하지만 나는 그런 설명으로는 만족할 수 없어." 운운. 그러자 세 번째 친구가 다시 답변했다. "원자에 대해 이야기할 때는 단순히 경험만을 논해서는 안 된다고 주의를 주고 싶었던 것뿐이야. 직접적으로 관찰할 수 없는 원자는 단순한 사물이 아니라 좀 더 기본적인 구조니까 말이야. 그래서 원자와 관련해 표상과 사물을 구분하는 것은 별로 의미가 없을 거야." 이런 대화가 오가는 가운데 하이젠베르크 머리에는 일년 전 읽은 책이 떠올랐단다. 플라톤의 『티마이오스』. "이 책을 읽고 나니 물질적 세계를 이해하려면 그 세계를 이루는 가장 작은 부분에 대해 알아야 한다는 핵심을 깨닫게 되었다. 그것이 이 책이 가져다준 가장 중요한 성과라 할 수 있었다."라고 한다(아마도 책 제목은 이 부분과 관련 있는 듯싶다). 잊지 말자. 지금 이 모든 이야기가 고딩들이 하이킹하면서 나누었던 대화라는 점을. 다른 날 플라톤의 『티마이오스』를 주제로 일대 논쟁을 벌이다 마침내 한 친구가 성을 내며 말했다. "너희들 아무도 이해하지 못하는 이상한 소리들 좀 그만하지 않을래? 시험 준비하고 싶으면 집에 가서 하고, 노래나 부르는 게 어때?" 책 읽다 내가 물개 박수 치며 밑줄 친 대목이다. 내가 하고 싶은 소리였으니까.

『부분과 전체』에서 가장 빛나는 대목은 하이젠베르크가 보어와 아인슈타인을 만나는 부분이다. 훗날 장강의 뒷물결이 될 이가 그 장강의 앞물결을 만나니 당연한 일이다. 지도 교수인 아르놀트 조머펠트가, 닐스 보어가 괴팅겐에 와서 강연하는데 같이 가자고 했다. 여행 경비도 대 준다니 주저할 이유가 없었다. 1922년 초여름이었다(참고로 하이젠베르크는 1901년생이다). 강연을 들으며 보어가 계산이나 증명이 아니라 직관과 추측으로 과학적 성과를 이루었다는 점을 알아챘다. 수학에 능통한 괴팅겐 학자들은 강의가 끝날 때마다 보어를 몰아붙였다. 하이젠베르크도 세 번째 강의가 끝나 갈 무렵 비판적인 논평을 제기했다. 이에 대해 보어는 하이젠베르크의 이의 제기가 "자신의 이론을 세심하게 숙고한 결과"라고 판단했고, 오후에 함께 하인베르크산을 산책하며 더 깊이 논의해 보자고 제안했다. 입이 떡 벌어지는 순간이다. 스무 살 청년의 이의를 대가가 받아들여 함께 천천히, 깊이 고민해 보자는 말이잖은가. 하이젠베르크는 말했다. "이 산책은 이후의 나의 과학에 너무나도 강력한 영향을 행사했다. 아니, 나의 과학은 비로소 이 산책과 함께 시작되었다고 말하는 편이 더 적당할 것이다." 왜 아니겠는가. 보어는 하이젠베르크에게 아버지 같은 존재로 자리 잡는다. 과학 영역에서뿐만 아니라 삶의 분기점에서 고민하는 하이젠베르크에게 보어는 엄청난 영향을 끼쳤다.

그 유명한 베를린대학교의 물리학 콜로키움에 하이젠베르크가 초청되었다. 여기가 어디던가. "플랑크, 아인슈타인, 폰 라우에, 네른스트 등이 베를린에서 활약했고, 플랑크가 양자론을 발견하고, 루벤스가 열복사를 측정함으로써 그 이론을 확인한 곳도 베를린이었다. 아인슈타인도 1916년 이곳에서 일반 상대성 이론과 중력 이론을 정립"한 곳이다. 긴장했고 심혈을 기울였다. 양자역학을 설명하는 자리인지라 기존 물리학에 생소한 개념을 소개하고 새로운 이론의 수학적 배경을 명확히 묘사했다. 발표를 들은 아인슈타인이 관심을 보였다. 집으로 가서 더 자세히 논의해 보자고 한 것. 대화는 편안하게 진행되지 않았다. 지극히 논쟁적이었고 공격과 방어, 재공격이 펼쳐졌다. 잘 알려져 있듯 아인슈타인은 양자역학에 우호적이지 않았다. 하이젠베르크는 새로운 양자역학을 변호하기 위해 진땀을 뺐다. 물론 하이젠베르크는 대가 앞에서 기죽지 않고 당당했다. 단순함이 자연법칙의 객관적 특성임을 역설하고, 수식의 단순성 덕분에 결과를 정확히 예측할 수 있는 실험이 가능하다고 말했다. 이때가 1926년 봄. 하이젠베르크는 1년 반 뒤 그 유명한 솔베이 물리학회에서 다시 아인슈타인을 만나 진검 승부를 펼친다.

『부분과 전체』에서 주목할 대목은 나치즘이 득세할 적에 과연 망명을 해야 하나, 아니면 독일에 남아야 하는가를 두고 깊이 고뇌하는 부분이다. 아직도 하이젠베르크는 나치 협력자로 알려져 있고, 특히 그가 주축이 돼 나치가 핵무기 개발을 했다는 혐의를 받고 있다. 이 대목은 우리의 친일 문제를 바라보는 데 일정한 시사점이 있어 더 흥미롭기도 하다. 1932년에 노벨 물리학상을 받은 하이젠베르크는 어느 나라로도 갈 수 있는 상황이었다(그런데 『부분과 전체』에는 노벨상을 받는 과정에 대한 회상이 하나도 나오지 않는다. 읽으며 감탄했던 부분이다). 그라고 왜 고민하지 않았겠는가? 1939년 미국으로 강연 여행 갔을 적에 이탈리아 출신의 엔리코 페르미가 망명을 강력히 요구하기도 했다. 그럼에도 최종적으로 독일에 남기로 했다.

이유는 두 번에 걸친 대화 때문이었다. 하나는 자신의 강의를 들었던 젊은 나치 대학생이었고, 다른 하나는 닐스 보어였다. 제자는 스승을 이해할 수 없다고 했다. 물리학에서 혁명적인 발상을 펼친 분이 어째서 현실의 혁명적 기운에 동참하지 않느냐고 다그쳤다. 그러자 "과학에서는 되도록 바꾸지 않으려는 자세로, 제한된 문제들을 해결하고자 집중하는 과정에서 내실 있는 혁명이 이루어지는 걸세, 기존의 모든 것을 포기하고 자의적으로 변화시키고자 하는 것은 바람직하지 않아."라고 응수한다(이 발언은 막스 플랑크에 대한 그의 평가와 일치하는 부분이 있다). 그러면서 "중요한 목표로 범위를 좁혀서 변화시켜야 한다고 봐. 그러면 불가피하게 바꾸어야 했던 그 작은 것은 두고두고 영향력을 미쳐서 삶의 모든 영역이 저절로 바뀌게 될 거야."라고 말한다(두 인용문을 잘 음미하면 책 제목과의 상관성을 눈치챌 수 있다). 나치즘에 합리적 점진주의로 맞서겠다는 의지를 드러낸 셈이다.

닐스 보어는 남으라고 권했다. 그 이유는 다음과 같다.

> 자네가 대학을 사임하지 않고 독일에 남는다면 자네는 다른 종류의 과제를 가지게 되겠지. 자네는 불행을 막을 수도 없고, 심지어 살아남기 위해 계속 모종의 타협을 해 나가야 할 거야. 그러나 자네는 다른 사람들과 함께 불변의 '섬'을 만들어 갈 수 있어. 젊은이들을 주변에 모아. 그들에게 과학을 하는 방법을 알려 주고, 그들의 의식 속에 옛날의 좋은 가치 기준을 심어 줄 수 있을 거야. (…) 물론 아주 힘들 거고 위험도 없지 않을 거야. 불가피하게 타협도 해야 할 것이고. 이로 인해 훗날 비난을 당할 수도 있고 처벌을 받을지도 모르네. 하지만 그럼에도 그렇게 해야 한다고 봐.

남았고, 큰 차원에서 보어의 예언대로 됐다. 비난과 처벌을 받을 불운이 앞길에 놓여 있었다. 정확한 의미에서 페르미의 예측은 적중했다. 오토 한이 발견한 원자핵 분열이 연쇄반응에 이용될 수 있을 거고, 그렇다면 원자폭탄 개발에 참여하라는 압력을 받을 거라 했다. 그대로 됐다. 베를린의 육군 병기국으로 징집되어 "다른 물리학자들과 더불어 원자에너지를 기술적으로 활용하

는 문제를 연구하게 되었다." 여기서 하이젠베르크는 도덕적 딜
레마에 해당하는 문제로 고민한다. "나쁜 편을 위해서는 절대로
만들면 안 되는 원자폭탄을 좋은 편을 위해서는 만들어도 되는
걸까?" 하이젠베르크는 독일 물리학자들이 개발을 더디게 하거
나 거짓으로 개발이 불가능하다고 보고해 프로젝트를 중단하더
라도 미국 쪽 과학자들이 개발을 포기하지 않을 수도 있다는 점
을 불안해했다. 이른바 우라늄클럽 내부에서도 치열한 논쟁이
벌어졌다. 나치가 종국에는 핵무기 개발을 포기하게 된 저간의
사정에 대해 하이젠베르크는 다음처럼 회고한다.

우리는 이 시기 원자폭탄 제조가 원칙적으로 가능하다는 것을
알고 있었고, 실현 가능한 방법들을 알고 있었다. 그러나 그에
들어갈 기술적 비용을 실제보다 과대평가한 나머지, 정부에 양
심의 거리낌 없이 정직하게 이런 상황을 보고할 수 있는 동시
에 원자폭탄 제조 명령은 받지 않게 될 것임이 분명해져 아주
행복한 상황에 놓이게 되었다.

과연 이 고백을 믿어도 될까? 혹시 이 점을 밝히기 위해『부분
과 전체』를 쓴 것은 아닐까? 춘원 이광수의 고백과 하이젠베르크
의 그것은 도대체 어떤 차이가 있을까? 이것저것 질문들이 쏟아
져 나왔다. 삶이란 부분적으로 옳아도 전체로는 잘못될 수도 있

고전한책깊이읽기

고, 부분에서는 잘못이 있더라도 전체로는 옳을 수도 있는 법이다. 부분만 뜯어 본다고 전체를 알 수 없는 것이 어쩌면 물리학과 인생의 큰 차이점일 수도 있겠다.

책을 덮으며 대화의 중요성을 되새긴다. 골방에 틀어박힌 천재적인 두뇌의 소유자가 혼자 종이를 수식으로 가득 메우는 게 과학이 아니더라. 산을 함께 타거나 요트 여행을 하거나 집의 거실이나 대학 강의실에서 격의 없이 서로 논쟁하고 토론하는 가운데 우주의 비밀이 밝혀져 나갔다. 다른 거 다 이해 못 하고 잊어버려도 이것만 부여잡고 살아도 우리 삶이 크게 바뀔 성싶었다. 아무튼 명불허전이라는 말에 딱 맞춤한 책이더라.

징검다리 읽기

3부

책을 읽으며 저자의 사유에 전적으로 동의만 하지 말고,
비판적으로 독해해야 한다는 말을 한다. 이의를 제기할 수 없는 말이다.
문제는 이해하기 급급한지라 비판할 깜냥이 없다는 점이다.
그러니 책을 읽으면 다른 책을 읽어야 한다.
지은이와 맞짱 뜬 사람의 책을 찾아 읽어야 하니까 말이다.
그러다 문득 든 생각이 있다. 원저서의 고갱이를 요령껏 요약, 해설해 주고
그 주장을 둘러싼 다양한 논쟁거리를 소개해 주는 책이 있으면
얼마나 좋을까, 라고.

동서를 넘나들며 만나는
삶의 지혜

푸페이룽의 『장자 교양 강의』

동서양의 사유 체계가 얼마나 다른지 강조하는 책을 자주 접한
다. 어찌 그러하지 않겠는가. 뿌리내리고 살아온 삶의 근거가 다
르고 집단적 삶에 주어진 과제가 달랐으니, 이를 해결하려는 철
학 방법도 다를 수밖에 없었을 터다. 그런데 공부하다 보면 놀라
운 현상을 발견하곤 한다. 일견 다른 듯하지만 속 깊은 곳을 바라
보면 유사한 면도 의외로 많다. 이즈음 서점가에 동서 철학의 차
이보다 공통점을 도드라지게 강조하며 이야기를 풀어 가는 책들
이 눈에 띄는 것도 학계가 이런 점을 주목하기에 그러하지 않나
싶다.

　『장자 교양 강의』(심의용 옮김, 돌베개 펴냄)를 쓴 푸페이룽은 이

력만 보더라도 동서 철학의 공통점을 잘 소화해 대중에게 알려 줄 만한 학자라는 믿음을 준다. 타이완대학교 철학과를 나왔고, 예일대학교에서 박사 학위를 받았다. 벨기에의 루뱅가톨릭대학교와 네덜란드의 레이던대학교에서 동양 고전을 강의한 경력이 있다. 내가 과문한 탓이기도 하겠지만, 이 정도로 동서양을 종횡무진하며 활동한 학자는 드문 듯하다. 이력만 그런 것이 아니라 실제『장자』를 풀이하는 방법도 동서 철학을 비교해 가며 대중의 이해를 높인다. 예를 들면 이렇다.

『장자』의 첫 단락은 유명한 대붕 이야기다. 북쪽 바다에 곤이라는 물고기가 있는데, 그것이 변해 등이 몇천 리나 되는 붕이 되어 남쪽 바다로 떠난다는 이야기다.『장자』읽기의 묘미가 이 대목에 있다는 이야기는 숱하게 들었을 터다. 이야기의 규모가 상당히 커서 그럴 터이다. 잘 알다시피, 이 이야기는 인간의 비범한 잠재력에 대한 장자의 믿음을 깔고 있다. 보잘것없는 것에서 어마어마한 것으로 변할 수 있는 것이 인간이라 보고 있다. 그런데 여기까지만 이야기되면 어딘가 아쉽다. 그럼에도 많은 해설서는 여기서 멈춘다. 푸페이룽은 다르다. 니체를 들어 이 익숙한 이야기를 새로우면서도 풍요롭게 설명해 준다.

프리드리히 니체는『차라투스트라는 이렇게 말했다』에서 "인간의 정신은 세 번 변화한다. 먼저 낙타로 변하고 다음에는 사자로 변하며 마지막에는 어린아이로 변한다."라고 했다. 참으로 놀라운 일치다. 『장자』가 비약적인 변화를 말했다면, 니체는 단계별로 변한다고 본 차이만 있을 따름이다. 니체가 말한 낙타는 "수동적으로 타인의 명령을 듣고 일"하는 존재를 뜻한다. 사자는 "자기 자신에게 '나는 어떻게 하고 싶은가'라고 묻"는 단계다. 수동적 태도에서 능동적 태도로 변화한 것이라 보면 될 성싶다. 어린아이는 "지금 현재 자신이 어떠하건 '나는 무엇이다'라고 말할 수 있는 순수"를 뜻한다. 이 대목에서는 노자의 "어린아이로 돌아가라."라는 말과 맹자의 "대인은 어린아이의 마음을 잃지 않는다."라는 말, 그리고 예수의 "어린아이를 용납하고 내게 오는 것을 금하지 말라. 천국은 이런 자의 것이다."라는 말을 인용해 희망과 가능성으로서 어린이의 상징을 풀어 낸다.

『장자』에는 그 유명한 조삼모사 이야기가 나온다. 밤송이를 오전에는 세 알, 저녁에는 네 알 준다 했더니, 원숭이들이 화를 냈다. 그래서 오전에는 네 알, 저녁에는 세 알 준다 했더니 원숭이들이 마냥 좋아했다는 내용이다. 이 우화는 "전체를 보지 못하면 기쁨과 분노를 통제하지 못하는 곤경에 빠진다는 얘기"로 해석할 수 있다. 여기서 지은이는 한발 더 나아가 스피노자와 장자의 유사점을 찾아낸다. 스피노자는 영원의 빛 아래에서 만물을 바라보라고 말했다. "만약 영원의 관점에서 볼 수 있다면 득실과 성패에 담담하게 대처할 수" 있을 터다. 일희일비하지 않고 평상심을 유지하며 사는 삶의 지혜에 대해 두 철학자는 같은 생각을 하고 있는 셈이다.

동서양을 넘나들며 『장자』를 이해 가능하게 풀어 준다는 점에서 『장자 교양 강의』는 높이 평가받을 만하다. 그렇다고 이 책이 오로지 비교철학 관점에서만 『장자』를 풀었다고 오해하지는 마시길. 붕이 왜 하필이면 남쪽으로 날아갔다고 했는가 하면, 고대 중국인들은 남쪽을 빛의 상징으로 이해했다는 점을 근거로 해, 지혜를 추구하는 각오를 드러내기 위해서라고 풀어 낸다. 동양의 고유성에 대해서도 깊이 이해하고 『장자』를 풀이하고 있다. 『장자』를 무성한 이야기책으로 읽어도 된다. 그래서 통이 크고 깊이가 남다르다는 것을 느끼기만 해도 된다. 그런데 이왕이면 푸페이룽의 새로운 해석에 기대 읽으면 더 흥미로울 터다. 이야기 안에 담겨 있는 삶의 지혜라는 알맹이를 만나게 되니까 말이다.

『논어』에는
낙(樂)과 고(苦)가 없다

바오펑산의 『공자 인생 강의』

고전을 쉽게 읽기란 기대하기 어려운 일이다. 시대 배경이 다르다 보니 그 말의 참뜻을 헤아리기 어려운 탓이다. 그래서 많은 이가 고전 읽기를 꺼린다. 이해 가기는 하나, 그렇다고 마냥 동의할수만은 없다. 도전한 만큼 얻는 소득이 크니까 말이다. 이런 난관을 헤치는 가장 좋은 방법은 고전의 재구성에 있다. 본뜻에서 어긋나지 않으면서 오늘의 독자가 좀 더 쉽고 흥미롭게 이해할 수있도록 도와주어야 한다는 뜻이다.

『논어』는 그 안에 현대적 가치가 담겨 있는데도 이해하기 어려운 책으로 정평이 나 있다. 일단 잠언적인 내용이라 본문만으로는 깊은 뜻을 이해하기 어려운 데다, 근대화를 가로막은 봉건

적 사고라고 여기는 고정관념도 문제다. 이런저런 편견과 오해의 더께를 깨기란 얼마나 어려운 일이던가. 그런데 이 어려운 일을 실험적으로 해낸 책이 있어 단숨에 읽어 젖히는 즐거움을 누렸다. 바오펑산의 『공자 인생 강의』(하병준 옮김, 시공사 펴냄)가 바로 그것. 『논어』「위정」 편에 보면, 공자가 자신의 삶을 다섯 단계로 나눠 회고한 대목이 나온다. 어쩌면 세상에서 가장 짧은 자서전이라 할 만한데, 지은이는 이를 바탕으로 공자의 삶과 사상을 재구성했다. 목차를 보는 순간, 무릎을 치면서 왜 미처 이런 생각을 못 했을까 싶었다.

십오 세의 지우학志于學. 이 장에서는 공자의 불우했던 삶을 잘 그려 냈다. 공자와 관련해 다양한 자료들을 동원한지라, 『사기』의 「공자세가」에서도 자세히 알 수 없던 그의 가문 이야기가 잘 드러나 있다. 공자가 학문에 뜻을 두었다는 것은, 전문 지식이나 기술만 익히는 바를 뜻하지 않는다. 올바른 판단력과 가치관까지 배우는 데 공부의 목적이 있었다. 그런 점에서 학력 신장만을 목표로 하는 오늘의 교육 현실은 강도 높은 비판을 받을 만하다. 서른의 이립而立은 정신적으로나 경제적으로 독립했다는 의미다. 공자는 이 나이에 사학私學을 열었다. 자신이 배우고 익힌 대로 귀족 자제를 중심으로, 관료 양성을 위한 기존 교육의 틀을 혁신했다. 그리고 기회가 닿으면 현실 정치에 참여했고 뜻이 맞지 않으면 물러났다. 훗날 퇴계가 도산서원을 연 이유를 공자에게서 찾을 수 있을 터다.

마흔의 불혹不惑은 "자신의 인생에 대한 불안이나 동요가 전혀 없고, 자기만의 확실한 기준을 가지고 세상사를 분석하고 판단할 수 있는 단계를 지칭"한다. 다른 말로 하면 자신이 걸어온 길에 후회가 없다는 뜻. 지은이는 『논어』에 즐거울 락樂과 근심 고苦라는 글자가 하나도 없다면서, 염려한다는 의미의 우憂만 있다 지적한다. "지나침을 경계한 공자의 의중"이라 하니 이 점을 염두에 두고 『논어』를 읽으면 새롭겠다 싶다. 오십의 지천명知天命에서 천명에 대한 지은이의 색다른 해석이 눈에 띈다. "세상에 태어나면 맺게 되는 관계나 운명"이 천명이라 해서다. 육십의 이순耳順은 정통적 해석과 그리 다르지 않다. 그런데 이 부분에서 지은이가 서와 충의 상호 보완적인 역할을 말했는데 상당히 흥미로운 해석이다. 서는 "자신이 하기 싫은 일은 남에게 시키지 말라."는 뜻이다. 충은 "자신이 서고자 하면 다른 사람을 서게 하고 자신이 통달하고자 하면 다른 사람도 통달하게 하라."는 뜻이다. 지은이는 충의 과도한 이타성이 일방적인 강요가 될 가능성이 있는데, 서가 이를 상쇄하는 역할을 한다고 본다. 칠십은 종심소욕불유구從心所慾不踰矩로 "원하는 대로, 생각 가는 대로 행동해도 추구하고 있는 도덕적 기준에 어긋남이 없는" 경지다. 공자가 성자의 자리에 오른 이유다. 공부하며 전문가가 된 것만이 아니라 참사람의 경지에 이르렀던 것이다.

이 정도로 요약해 놓으면 기존의 『논어』 해설서와 그리 다르지 않아 보일 수 있다. 그런데 지은이는 유가 관련서뿐만 아니라 역사서를 동원해 연령대별로 공자의 일생을 재구성했다. 『논어』는 특별한 체계가 없다 보니 어느 시기에 그런 말을 했는지 알기 어려운데, 지은이는 이를 흥미롭게 재배치했다. 그리고 각 시기에 공자의 삶은 어떠했는지도 잘 풀어놓았다. 그야말로 삶과 사상을 일목요연하게 보여 주는 체제를 띠고 있는 셈인데, 인용만 한 것이 아니라 지은이 특유의 해석이 끼여 있어 『논어』 입문서 역할을 제대로 해내고 있다. 『논어』에 도전했다 실패한 경험이 있다면 좋은 안내자를 얻었다 여기면 될 성싶다.

인간의 길, 인간의 힘, 인간의 맛

도올 김용옥의 『중용 인간의 맛』

세상이 어처구니없게 돌아가고 있는데, 어찌 보면 한가롭게 도올 김용옥이 풀어 낸 『중용 인간의 맛』(통나무 펴냄)을 읽었다. 뜻 있는 이들의 바람과 달리 세상은 극단으로 치닫고 있다. 균형을 잡기 위한 긴장은 보이지 않고, 편 가르고 다른 편을 말살하려는 권력욕만 보인다. 우리 역사가 그런 천박한 수준은 벗어났을 거라는 낙관은 한순간에 뭉개져 버렸다.

고전의 위대함은 시대 상황과 긴밀히 연결되며 새로운 대목을 돋보이게 해 준다는 점에서 확인된다. 도올 특유의 박람강기*와

박람강기: 여러 가지의 책을 널리 많이 읽고 기억을 잘함

장광설이 펼쳐지는 가운데, 몇 부분이 새롭게 다가왔다.

첫 대목은 예악禮樂에 대한 설명이다. 예는 "기본적으로 제도와 문화를 분화시키는 것"이다. 한 사회가 유지되기 위해서는 기능과 역할에 차이가 있어야 하고, 그 차이가 요구하는 질서를 예라 할 수 있다. 요즘 말로 하면 법치 운운할 때 바탕에 깔린 정신이라 보면 될 듯싶다. 흥미로운 것은 옛사람은 예를 따로 힘주어 말하기보다는 악을 더불어 말해 왔다는 점이다. 왜 그럴까? "예만 있으면 히틀러 사회나 개미 사회로 가는 것"이어서 그렇다.

악은 "자유의지의 세계에 있어서 타인과의 동화를 추구"한다. 도올의 말대로, 함께 노래를 부를 적에 우리가 느끼는 감정을 떠올리면 쉽게 이해할 수 있다. 이 대목은 철학보다는 신화가 더 잘 설명해 준다. 강고한 현실의 법칙에서 벗어나려는 소망이 모이고 쌓여 신화가 되니 말이다. 질서는 사회 유지에 필요하지만, 그것만 있으면 질식하게 마련이다. 답답하고 갑갑한 예라는 밀폐된 공간에 환기구를 뚫어 주는 것이 악인 셈이다.

열린 사회는 예와 악의 가치를 동시에 인정하게 마련이다. "악만 있으면 인간 세상이 카오스로 가고 무정부로 가며, 예만 있으면 질서 속에 완전히 고착되어 파멸이 되어 버리고 말"고 "그래서 항상 이 예와 악의 문제를 어떻게 적절하게 조정하느냐 하는 것이 바로 중용의 문제의식"인 법이다. 우리 사회가 예만 강조하고 악의 가치를 무시하고 있다는 생각은 한낱 기우일까?

두 번째 대목은 『중용』10장이었다. 이 부분은 굳이 도올의 풀이가 필요하지 않다. 본문만으로도 그 뜻을 충분히 짐작할 수 있다. 『중용』에 나오기를 "나라에 도가 있을 때는 막혀 있던 시절의 뜻을 바꾸지 않으니, 강하구나 그 굳셈이여! 나라에 도가 없을 때는 죽음에 이르러도 지조를 바꾸지 않으니, 강하구나 그 굳셈이여!"라 했다. 오늘 우리가 맞이한 위기는 이른바 진보 정권 시절, 이 땅의 민중들이 염원했던 가치를 실현하기는커녕 배신한 데서 비롯되었다. 그러나 어디서도 그 반성의 기운은 느낄 수 없다. 보잘것없는 것을 우려먹고 팔아먹으려만 든다. 그래도 도가 떨어진 시대에 지조를 지키는 분들이 있어 힘을 얻는다.

『중용』의 열쇠 말은 근近과 구久다. 참된 것은 멀리 있지 않고 부부 사이의 평범한 삶에서 찾을 수 있다. 일상에서 이질적인 것의 통합을 이루기 위해 애쓰는 바를 공적 삶으로 확장하는 것이 중용의 길이다. 누구나 할 수 있다. 그럼에도 왜 중용의 삶이 어려울까. 계속 그리 살지 않기 때문이다. 신독[*]이라는 말과 함께 마음속 깊이 새겨 둘 일이다.

하나 더 있으니, 시중時中이다. 이에 대해 도올은 "중은 기하학적인 직선상의 가운데가 아니고 동적평형입니다. 즉 변화하는 세계에서 기하학적 밸런스가 아닌, 동적평형을 어떻게 찾을 것

신독: 홀로 있을 때에도 도리에 어그러짐이 없도록 몸가짐을 바로 하고 언행을 삼감

인가 하는 문제"라며 "(동적평형의) 상태는 특정한 포인트로 표시될 수 없습니다. 어느 정도 변화의 진동 폭은 필연적인 거"라 풀이했다. 그러니 『중용』은 묻는다. 다시 돌아온 극단의 시대에 당신은 어디로 움직여 균형을 맞추려 하느냐, 라고.

우리는 서로의 고통을 보듬고 있는가

장현근의 『맹자』

동양 고전을 읽다 보면 깨닫는 게 있다. 왜 그런지는 아직 모르겠는데, 각 책의 첫 단락이 그 책의 주제 의식을 담고 있는 경우가 많다. 요즘 말로 치면 두괄식인 셈인데, 그렇다 보니 첫 단락을 제대로 이해하지 않고서는 책 전체를 장악하기 어려운 것이 사실이다. 『맹자』도 그러했다. 익히 알려졌다시피 『맹자』는 양혜왕과 벌인 설전으로 첫 부분을 장식하고 있다.

맹자가 양혜왕을 만났더랬다. 지금으로 따지자면 정치 컨설턴트 역할도 했으니, 왕이 평소 하고 싶던 말을 했다. "천 리 길을 멀다 하지 않고 오셨으니 장차 이 나라에 이익이 있겠지요."라고. 그러자 맹자가 발끈해서 "왕께서는 하필 이익을 말씀하십니까? 그저 인의만 이야기하셔야 합니다."라고 응수한다. 어쩌면 이토록 오늘날과 똑같을까 싶다. 정치하는 이들은 늘 이익만 따진다. 수단과 방법을 가리지 않고 물질적 성장만 있으면 좋은 정치를 하는 것이라 여긴다. 오늘에는 병폐가 더 커졌으니, 이런 마음에 동조하는 이들이 많아졌다는 뜻이다.

그러나 철학이나 인문의 자리가 어찌 이익에 있겠는가. 설혹 이익에 반하더라도 끝까지 인의를 말해야 하는 법이다. 오랫동안 보살펴 온 숲과 강을 파헤치고 무언가를 세워야 돈이 된다고 아무리 나부대더라도 그것이 자연과 생명의 차원에서 과연 어질고 옳은 일인지 되묻는 곳에 철학과 인문학이 있어야 한다. 만약 인문학의 이름으로 이익을 따진다면 그것이야말로 어용일 터. 최고 권력자 앞에서 이익보다 인의의 가치가 우선해야 함을 내세우는 맹자에게서 권력에 아부하지 않는 참지성인의 모습을 본다.

그러니 내가 보기에 『맹자』의 주제는 인의다. 그렇다면 인의가 무엇인지 알아야 한다. 물론, 완역본을 주의해서 읽다 보면 다른 부분에서 이를 해설해 주는 대목을 찾을 수 있거나, 옮긴 이가 설명해 주는 내용을 보고 이해할 수는 있다. 그런데 기왕이면 전문가가 『맹자』를 주제별로 가려 뽑아 주고 이에 기초해 일관성 있게 해설해 주는 책이 있다면, 교양 수준에서 『맹자』를 이해하고자 하는 사람에게 큰 도움이 될 법하다. 마침 이런 요구에 맞춤한 책이 있으니, 장현근이 쓴 『맹자』(한길사 펴냄)가 그것이다.

이 책의 해설에 따르면, "인은 가족관계에서 지켜야 할 덕목의 기본이고, 의는 사회관계에서 지켜야 할 덕목의 기본"이며, "인에 대한 덕목의 정수는 부자간의 친애함이고, 의에 대한 덕목의 정수는 윗사람에 대한 공경"이다. 맹자의 철학적 고민은 친애와 공경을 "어떻게 하면 세상의 중심 가치로 환원"할 수 있느냐에 있다. 바로 여기서 그 유명한 "차마 참지 못하는 마음", 그러니까 불인인지심不忍人之心이 솟아오른다. 맹자의 정치철학을 관통하고 있는 것은, 문법 용어에 빗대어 말하자면, 부사성인 셈이다. '차마'라는 부사에는, 겪어 보지 않고도 남의 고통을 이해하는 섬세한 감수성과 상상력, 그리고 이익 추구를 중단하고 인의 정신을 되살리는 정치적 결단과 실천이라는 의미가 두루 담겨 있다. 이러면 『맹자』라는 실타래는 술술 풀려 나간다. 그가 왜 성선설을 주장했고 패도 정치*를 비판했는지 이해하게 된다는 말이다.

『맹자』를 읽는 태도는 현실에 대한 개탄과 분노, 그리고 치열한 논쟁의 정신에 가까워야 한다. 맹자 스스로 "성인의 도를 개선할 사람이 없다."며, 양주와 묵자 학파를 공격하며 다시 공자 사상을 세상에 널리 알리려 했다. 그러니 물어보아야 한다. 지금 우리는 이익의 시대를 살고 있는가, 인의의 시대를 지내고 있는가 라고. 그래서 다시 물어보아야 하니, 우리 사회가 차마 모른 척할

패도 정치: 무력이나 강압과 같은 물리적 강제력으로 다스리는 정치

수 없어 남의 고통을 보듬어 주는 공동체인지 아닌지 라고. 이 같은 질문을 던지며 읽을 적에 비로소 "공경하고 사랑하는 마음을 더 넓혀" 나가는 길을 찾을 수 있을 성싶다.

혼돈의 시기에
우뚝 설 수 있었던 힘

김영두의 『퇴계, 인간의 도리를 말하다』

동양의 공부 방법은 서양의 것과 달랐다. 배우는 자가 질문하지 않으면 선생은 좀처럼 진리의 곳간을 열어 주지 않았다. 서양은 가르치는 자가 배우는 이를 도덕적, 철학적 딜레마에 빠뜨리는 방법을 택했다. 마이클 샌델의 '정의' 강의를 떠올리면 된다. 방법은 달랐지만, 목표한 바는 비슷했다. 지금 알고 있는 것에 만족하지 않고, 더 깊은 것을 깨닫기 위해 간절한 마음으로 공부하도록 이끌어 준 것이다. 동양의 공부법에 따르면, 제자들이 스승의 어록을 남기게 마련이다. 기실, 『논어』도 제자들이 기억해 낸 공자의 어록이지 않던가. 그렇다면 우리에게는 그런 것이 없을까? 왜 없겠는가. 이황의 어록인 『퇴계어록』이 있다.

퇴계 이황이야 설명할 필요가 없을 듯하다. 주자 이래 최고의 학자라는 평을 받고 있으니 말이다. 흥미로운 것은 『퇴계어록』을 쓴 이가 학봉 김성일이라는 사실이다. 기억하겠지만, 일본에 갔다 돌아와서 도발의 기미가 없다 보고해 임진왜란을 준비하게 하지 못했다는 오명을 뒤집어썼던 이다. 잘 안 알려졌지만 학봉은 퇴계의 뛰어난 제자로 이른바 영남학파의 큰 줄기를 이룬 대학자다. 잊지 말아야 할 것이 있는데, 학봉은 임진왜란이 일어나자 자신의 과오를 씻기 위해 온 힘을 기울였다. 그는 의병과 함께 왜병에 맞서다 병을 얻어 생을 마감했다.

그 『퇴계어록』이 『퇴계, 인간의 도리를 말하다』(푸르메 펴냄)라는 제목으로 번역되어 나왔다. 퇴계 사상은 상당히 깊이 있고 그만큼 난해하기도 해 일반인이 접근하기 어려운 면이 있다. 하지만 이 책은 제자들의 질문에 답변하는 식인 데다, 퇴계의 일상을 기록해 놓은 것이어서 그리 어렵지 않다는 장점이 있다. 간략하나마 퇴계의 삶과 사상을 엿보는 데 맞춤한 책인 셈이다.

옛사람이 공부하는 방법은 성현이 남긴 글을 읽고 그 뜻을 새기는 것이었다. 그렇다 보니 퇴계도 공부와 독서에 관한 말을 많이 남겼다. 학문에 뜻을 둔 사람이 갖춰야 할 자세로 가장 중요한 것은 끝까지 하는 데 있다고 여겼던 모양이니, 다음처럼 말했다.

학문을 하는 도리는 반드시 정성을 하나로 모아 오래 한 다음에야 이룩할 수 있다. 들락날락하는 마음으로 공부를 하다 말다 한다면, 무엇으로 말미암아 학문을 이루겠는가. 그러므로 주자가 등공에게 이르기를, "정성을 하나로 모아 오래 해야 이른다. 두세 번만 중단해도 실패한다." 하셨다.

따지고 보면, 이것이 어찌 학문하는 자세이기만 하겠는가. 무엇을 하든 퇴계가 이른 대로 한다면 되거늘, 게으름과 요행을 바라는 사특한 마음이 우리의 성취를 방해하는 듯싶다.

퇴계는 나아감과 물러남의 정치적 미학을 잘 알고 있었다. 『퇴계어록』에도 그에 해당하는 말이 두루 나온다. 경쟁에서 이겨 성취하는 것만이 미덕인 양 여기는 오늘의 세태와는 사뭇 다른 삶을 살았던 것이다.

내가 벼슬길에 나아가고 물러남이 앞뒤로 달라 보일 것이다. 앞에는 명령을 들으면 바로 나아갔지만, 뒤에는 임금이 불러도 꼭 사양했고 비록 나아가더라도 구태여 오래 머무르지 않았다. 무릇 자리가 낮으면 책임이 가벼우니 오히려 바로 떠날 수 있지만, 벼슬이 높아지면 맡은 일도 커지니 어찌 가벼이 나아가겠는가?

고인 물은 썩기 마련이다. 뜻을 이루기 위해 나아갔다면, 더 큰 뜻을 위해 물러날 줄도 알아야 한다. 퇴계가 혼돈의 시기에 큰 학자로 우뚝 설 수 있었던 힘이 바로 여기에 있다. '출세'에만 뜻있는 이들이 반드시 새겨들을 말이다.

뽀로로는 말했지,
"노는 게 제일 좋아"

노명우의 『호모 루덴스, 놀이하는 인간을 꿈꾸다』

이즈음 텔레비전을 보면, 우리 시대의 놀이 정신이 크게 왜곡되었구나 하는 생각이 든다. 어떤 제목을 달고 얼마나 유명한 연예인이 나오느냐 하고는 상관없이 잘 놀고 많이 먹고 좋은 데 여행하는 것을 주제로 한 프로그램이 인기를 끈다. 그런데 잘 생각해 보면, 이런 놀이는 청소년이나 대학생이 여행을 떠나며 즐겼던 놀이 문화를 차용하고 있다. 패를 나누어 밤을 꼬박 새우며 직접 했던 놀이의 새 버전을 텔레비전에서 확인한다는 것은 무엇을 뜻할까? 가서 보고 맛보면 되는데 굳이 연예인이 대신 하는 것을 보고 좋아할 이유가 어디 있을까? 한마디로 놀이 문화의 박탈을 상징한다 볼 수 있다. 놀아야 하나 놀지 못하게 하는 현실 탓에 남들이 노는 것을 보고 즐기는 시대가 되고 말았다는 뜻이다. 이유야 다들 짐작할 터다. 청소년은 입시 탓에, 청년은 입사 탓에 놀지 못하고 노는 것을 보며 놀고 있다.

본디 우리는 타고나기를 놀이를 즐기는 동물이다. 이것을 흥미롭게 밝힌 고전이 하위징아의 『호모 루덴스』다. 연전에 전문 번역가 이종인이 연암서가에서 새 번역본을 선보였는데, 이번에 읽은 책은 노명우가 그 책을 해설한 『호모 루덴스, 놀이하는 인간을 꿈꾸다』(사계절 펴냄)이다. 이 책의 특징은 1부에서는 하위징아의 책을 흥미롭게 설명하고, 2부에서는 오늘의 놀이 정신과 문화에 대해 자세히 말하고 있다는 점이다. 노명우는 하위징아의 놀이 문화를 다음처럼 정리한다.

호모 루덴스는 노래하고 춤을 추며 예술을 탐닉하는 사람이자 지혜를 사랑하는 사람이었고, 전쟁을 하면서도 결코 귀족적 품위를 잃지 않는 사람이었다. 호모 루덴스가 살고 있던 과거와 지금을 비교해 보면, 지금이 초라하게 보일 정도로 과거의 호모 루덴스는 우아한 향기를 풍긴다.

근대 이전에 인류가 놀이 정신으로 살았다면, 오늘 우리는 어떤가. 노명우는 '만드는 사람'이라는 뜻인 호모 파베르로 근대인을 설명한다. "무엇인가 쓸모 있는 것을 만들어 내는 능력"을 중시하고, "계산과 예측 가능성만을 신봉하는 냉정하고 무관심한 성격"의 소유자다. 모든 것을 상품화하는 사회는 놀이도 그렇게 만들었다. 호모 파베르를 위한 놀이 산업이 융성해진 것이다. 퇴근 후 즐기는 노래방부터 대규모 놀이공원이 구체적인 예이다. 앞서 말한 텔레비전 프로그램도 해당할 터다. 짐작하겠지만, 이것은 호모 루덴스가 일상으로 즐겼던 놀이가 아니다. 현실을 잊게 하는 한낱 마취제일 뿐이다.

그렇다면 어떻게 해야 호모 루덴스를 귀환하게 할 수 있을까. 노명우는 "상호 관계가 반드시 회복되어야 한다. 그리고 회복된 상호 관계는 시장을 벗어나 교환하는 것이 가능해야 한다. 그래야 비로소 놀이가 놀이 산업이 제공하는 상품과 다른 성격을 지닐 수 있다."고 말한다. 개인적으로 이것만으로는 부족하다고 여긴다. 자본과 문화 권력에 빼앗긴 놀이를 직접 즐기고 창조적으로 운용할 수 있는 더 구체적인 대안을 찾아야 한다. 더욱이 협력과 공생의 정신이 배어 있는 놀이 문화를 실현하기 위한 움직임도 있어야 한다. 날마다 축제일 수 있는 세상을 그려 보는 것만큼 행복한 것이 또 어디 있겠는가.

만화로 보는
과학혁명의 구조

박영대 외의 『쿤의 과학혁명의 구조』

책을 읽으며 저자의 사유에 전적으로 동의만 하지 말고, 비판적으로 독해해야 한다는 말을 한다. 이의를 제기할 수 없는 말이다. 문제는 이해하기 급급한지라 비판할 깜냥이 없다는 점이다. 그러니 책을 읽으면 다른 책을 읽어야 한다. 지은이와 맞짱 뜬 사람의 책을 찾아 읽어야 하니까 말이다. 그러다 문득 든 생각이 있다. 원저서의 고갱이를 요령껏 요약, 해설해 주고 그 주장을 둘러싼 다양한 논쟁거리를 소개해 주는 책이 있으면 얼마나 좋을까, 라고. 물론 도둑놈 심보다. 숟가락만 들고 밥상에 가는 격이다. 알면서도 그런 유의 책을 바라는 것이 사실이다.

박영대·정철현이 쓰고 최재정·황기홍이 그린 만화책 『쿤의

고
전
한
책
깊
이
읽
기

『과학혁명의 구조』(작은길 펴냄)는 앞에 든 생각에 딱 들어맞는다. 그 유명한 『과학혁명의 구조』의 핵심을 설명해 줄 뿐만 아니라, 쿤의 삶과 시대 상황, 그리고 『과학혁명의 구조』를 둘러싼 논쟁을 자세히 소개해 주었다. 읽으며 기분이 좋았던 것은, 글쓴이나 그린이 모두 국내 필자라는 점이다. 자신의 고유한 사유를 펼치지는 못했지만, 과학 분야의 고전을 대중이 이해하기 수월하게 풀어 냈다. 이런 경험이 쌓이면 훗날 자신만의 사유 체계를 세울 수 있을 터. 두루 격려해 줄 만한 일이다.

만화는 쿤의 개인사부터 풀어 나간다. 아버지는 하버드대학교와 매사추세츠 공과대학교를 나온 유능한 엔지니어였고, 어머니는 편집자였다. 이론물리학자를 꿈꾸었으면서도 문사철에 두루 관심과 재능을 보인 게 쿤이다. 부모의 성향이나 성취가 자식에게 고스란히 넘겨지는 법은 아니다. 그런 점에서, 농담이거니와, 쿤은 유성생식의 성공적 사례다. 쿤의 성장 과정에서 과학에 대한 낙관적인 전망은 좋은 영향을 끼쳤다. "무릇 과학이 만들어 낸 편리함은 사람들에게 사회와 문명의 진보로 와닿았다." 그 믿음이 깨진 것은 익히 예상할 수 있듯 2차 세계 대전의 영향이었다. 이 전쟁에 참여했던 쿤은 체제에 복속된 과학 또는 과학자에 대해 깊이 고민한다.

쿤이 과학사를 하버드에서 가르치게 된 것은 운이 좋아서였다. 교양 과학 교육을 강화하려는 코넌트 총장이 당시 박사 과정생이던 쿤에게 파격적으로 강의를 제의했다. 가르치면서 배운다 하지 않았던가. 수업 준비를 하면서 아리스토텔레스의 자연학을 만나고, 거기서 과학혁명의 중요한 실마리를 찾는다. 그의 자연학을 이해해서가 아니라, 이해할 수 없는 데서 비롯한 것이다. 만화에 나온 지문을 인용해 보면 이렇다.

전 아리스토텔레스의 역학과 17세기의 근대 역학을 공부하면서, 이들 사이에는 큰 단절이 있음을 알게 되었습니다. 과학사에서 이런 큰 단절은 우리가 기존에 가지고 있던 과학의 이미지와는 배치됩니다. 보통 과학은 지식이 점점 축적되고, 오류들이 수정되면서 점진적이고 누적적으로 발전한다고 봅니다. 하지만 저는 과학의 발전이 그처럼 연속적인 양상으로 진행했다고 생각하지 않습니다. 과학의 역사를 넓게 조망해 보면 그건 오히려 단속적인 양상을 보입니다. 마치 계단을 오르는 것과 같죠. 아리스토텔레스의 과학에 기존의 연구 결과가 더해져서 뉴턴 과학이 된 것이 아닙니다. 근대의 과학은 이전 시대의 과학과 단절하면서 등장했습니다. 근대 과학을 고대 과학의 연속 선상에서 생각할 수는 없어요. 이들 사이에는 커다란 개념적 틀의 변혁이 있습니다.

이 대목에 『과학혁명의 구조』에 등장한 중요한 핵심 사항이 다

나온다. 서로 다른 이론들을 하나의 동일한 기준에서 비교할 수 없다는 공약 불가능성 개념이 그 첫째다. 이 개념은 쿤을 상대주의자라 비판하는 중요한 근거가 되었고, 이 문제를 해결하려고 쿤의 지적 여정은 지속되었다. 중세 과학과 근대 과학의 개념 틀 사이에 일어난 엄청난 변혁은 패러다임 전환이라 했다. 이즈음 한 언어학자 덕에 '프레임'이라는 말이 유행했다면, 쿤은 바로 '패러다임'이라는 말을 널리 알렸다.

이 책에는 쿤이 영향받은 두 명의 학자가 나온다. 그 하나는 가스통 바슐라르. 그는 『새로운 과학정신』에서 "예를 들어 뉴턴의 질량은 불변합니다. 하지만 아인슈타인의 질량은 불변하는 절대적인 것이 아니지요. 에너지 질량 등가 법칙 $E=mc^2$에 의하면, 물체의 질량은 에너지로 변환될 수도 있습니다. 새로운 이론은 새로운 틀 안에서 개념의 의미를 바꾸면서 낡은 이론을 통합합니다."라고 했단다. 쿤은 바슐라르한테서 과학 이론의 발전에 단절이 있다는 점을 배웠다.

두 번째는 마이클 폴라니의 암묵지 이론이다. 그는 지식을 명시지와 암묵지로 나누었다. 암묵지는 예를 들면 "많은 사람이 어린 시절에는 자전거를 타고 놀지요? 하지만 성인이 된 후에는 별로 타지 않습니다. 그러다가 우연히 탈 기회가 생깁니다. 어떨까요? 안장에 앉아 페달에 발을 얹고 돌리기까지 불안 불안합니다. 그러다가 중심을 잡고 자전거를 잘 타게 됩니다. 마치 내 몸이 자전거 타는 법을 기억하고 있다는 느낌이 들지요. 자전거를 어떻게 타는지 말이나 글로 명확하게 설명하기는 쉽지 않습니다. 하지만 타는 법에 대한 앎을 가진 것은 분명합니다. 이처럼 몸으로 익힌 앎, 어떤 노하우(비결) 같은 형태의 지식을" 가리킨다 보면 된다. 패러다임이란 개념의 근원이 어딘지 눈치챌 터이다. 만화는 다음처럼 설명한다.

동시대 과학자들은 공통된 문제의식을 공유하고 있다. 전문 용어의 사용, 문제 해결 방식에서 공통된 합의가 이미 전제되어 있어! 이것은 분명 폴라니의 암묵지와 비슷해. 과학자들은 그들이 가진 공통된 전제를 명시적으로 표현하지는 않지. 하지만 이는 분명히 무의식적으로 체득하고 있는 지식들이고, 이것들이 그들이 연구 활동을 하는 데 매우 중요하게 쓰이고 있어. 이것들은 과학자들이 공유하고 있는 행동 양식이나 사고방식이라 할 수 있지 않을까? 과학자 사회의 구성원이 공유하고 있는 신념, 가치, 기술 등을 망라한 총체적 집합. 이르자면… 패러다임!

쿤을 비판한 학자 가운데 가장 깊은 인상을 안겨 준 이는 하이젠베르크였다. 그는 양자역학의 활용 범위가 확장되었지만, 인공위성이나 유체역학에서는 여전히 뉴턴역학을 활용하고 있다고 지적했다. "하나의 이론은 어떤 제한된 영역을 다룹니다. 이론은 어떤 제한된 영역 안에서 완벽하고 정확한 기술을 합니다. 뉴턴역학과 양자역학은 각자 나름대로 한정된 영역을 완벽히 기술하면서 따로 또 같이 공존하는 것이지요. 닫힌 이론은 하나의 제한된 현상의 영역을 다룹니다. 그리고 그 영역에 대해서 완벽하게 설명하죠. 이 성과는 아무리 시간이 흘러도 옳은 것입니다."라고 말했다. 내가 보기에 쿤은 통시성을, 하이젠베르크는 공시성을 강조했다.

쿤에 대한 비판으로 널리 알려진 바는 포퍼의 것이다. 포퍼는 진정한 과학은 언제든지 반증을 견뎌 낼 수 있어야 한다고 보았다. 그런데 쿤의 정상 과학은 어떤 비판도 없는 지적 활동기를 가리키는 말이 되고 만다. 그러다 보니 "쿤 교수는 이런 독단적인 태도, 독단적인 지적 활동을 정상적이라고 표현"한 바, 이것이 가장 큰 문제점이라 지적했다. 개인적으로 포퍼의 비판에 실망했다. 자신의 이론을 무리하게 적용하다 보니 비판을 위한 비판이 되어 버리고 만 격이라 느꼈기 때문이다. 최근 일군의 물리학자가 중력파를 발견했다. 이는 아인슈타인이 제기한 이론이 낳은 퍼즐을 과학자들이 집요하게 풀어 가다 답을 찾아냈다는 증거다. 만화에 나온 쿤의 생각이 더 적절해 보이는 이유다.

과학 발전사를 보면 하나의 패러다임 속에서 퍼즐을 푸는 정상 과학의 시기가 존재합니다. 그러다 어느 순간 정상 과학 안에 이상 현상이 발생하고, 그 문제가 커져 기존 패러다임의 위기를 초래합니다. 난립한 대안들 가운데 하나가 선택되고, 그것이 새로운 패러다임을 형성합니다. 이 시기가 혁명입니다. 그리고 새로운 패러다임이 또다시 정상 과학의 시기를 만듭니다. 혁명은 매번 이전 시기와 단절하면서도 도약합니다. 그래서 과학은 단절적으로 발전한다고 말할 수 있는 것입니다.

포퍼가 말한 반증 가능성은 쿤의 관점에서 보면 이상 현상의 출현에 해당하며, 이 때문에 정상 과학이 위기에 놓이게 되고, 이것이 누적된 결과 패러다임의 전환이 이루어져 새로운 정상 과학이 탄생하게 된다.

쿤의 과학혁명은 설득력이 높다. 그런데 왜 쿤이 굳이 공약 불가능성을 고집했는지 모르겠다. 만화에 나온 대로 "현대 과학의 관점에서 아리스토텔레스의 개념을 이해하고, 그것을 틀리다고 판단하는 것은 현대인의 오만"이라 했다면, 이는 분명히 상대성의 늪에 빠지게 되어 있다. 책에 보면 다른 비판은 상당히 적극적으로 방어했지만, 이 부분은 오랫동안 쿤이 스스로 해결하려고 노력했다. 결국 토론과 논쟁을 거쳐 쿤이 이르는 수정된 결론은 번역 불가능이었다.

글쓴이들이 지적했듯, 쿤은 통시적 관점에서, 그것도 이론물리학의 관점에서 과학사를 살펴봤다. 그럴 적에 과학혁명이라는 틀이 보였다. 이는 다른 관점에서 보면 얼마든지 새로운 이론이 가능하다는 뜻이다. 이런 이해에 도달한 것은 전적으로 글을 쓰고 그림을 그린 이들의 공이다. 쿤의 삶과 사상을 집요하게 파헤치고 대중의 눈높이에 맞춰 쓰고 그린 덕이란 말이다. 이런 책이 많이 나왔으면 좋겠다. 세계를 뒤흔든 이론을 이해하기 쉽게 풀이하면서도 그를 둘러싼 다양한 논쟁을 균형 있게 소개한 책 말이다. 그게 만화책이면 금상첨화이고!

겹쳐
읽기

4부

『로빈슨 크루소』와 그 변주곡들을 읽으면서
걷잡을 수 없는 감동의 해일에 휩싸이는 이유를 온전하게 밝혀낼 수는 없다.
아마 그것은, 지금 이곳에서 나의 삶을 부식시키고 있는
일상성에서 탈출하라는, 그래서 자기만의 신화적 공간을 만들라는
내면의 간절한 호소 때문이라고 할 수 있다.
이제, 그 목소리는 이렇게 바뀌어 들린다.
"탈출을 꿈꾸는 자, 『로빈슨 크루소』를 읽어라!"라고.

『로빈슨 크루소』에 대한 두 가지 변주곡

대니얼 디포의 『로빈슨 크루소』
미셸 투르니에의 『방드르디, 태평양의 끝』

이제는 책이라면 넌더리를 내는 성인이라 해도, 일련의 모험소설을 읽으면서 미지의 세계를 향해 항해의 닻을 올리고 싶어 했던 유년 시절의 독서 체험은 있을 것이다. 조숙한 탓이었을까. 그때 이미 자신이 놓인 상황에 권태를 느끼고, 신세계를 향한 오디세이적 모험을 꿈꾸었으니 말이다. 이제는 아득한 향수마저 불러일으키는 이 같은 기억의 창고 속에서, 여전히 녹슬지 않은, 그래서 아직도 기억이 생생한 작품 하나를 말해 보라고 한다면, 많은 사람이 『로빈슨 크루소』(원제: 요크의 선원 로빈슨 크루소의 생애와 그의 신기하고 놀라운 모험)를 꼽을 것이다.

대니얼 디포가 쓴 『로빈슨 크루소』는, 다른 무엇보다 그 주인

겹쳐 읽기

181

공이 28년 2개월 19일 동안 무인도에서 펼친 다양한 경험이 재미를 더하였던 기억이 새롭다. 그런데 흥미로운 것은, 국내 독자들은 대부분 이 책이 동화인 줄로만 알고 지냈다는 점이다. 물론 그것은, 이 책을 유년 시절에 읽었던 체험에 기인하고 있는 바 크지만, 완역본을 접할 기회가 없었다는 점도 무시할 수 없는 원인 가운데 하나였다.

새롭게 읽기와 다시 쓰기

우리 독서계에 『로빈슨 크루소』에 대한 관심을 다시 환기하는 계기가 된 것은 지난 1993년 『로빈슨 크루소』의 하권이 최인자 씨(문학 평론가) 번역으로 문학세계사에서 출간되면서다(출판사는 하권을 펴내면서 1970년대에 김병익 씨가 완역했던 상권을 함께 출판했다). 동화인 줄로만 알고 있던 『로빈슨 크루소』가 서양 문학사에서 차지하는 비중이 남다른 작품이며, 그 속편이 있다는 사실이 많은 성인 독자의 흥미를 끌었다. 독자들의 반응은 당장 판매고에 영향을 끼쳐 이 책이 베스트셀러의 반열에 오르는 기현상을 낳았다. 『로빈슨 크루소』에 대한 '새로운 읽기'라 이름 지을 수 있는 이 현상은, 우리 출판계에 완역 바람을 불러일으켜 한동안 서점가에는 유행처럼 '완역본'이라는 띠지를 두른 책들이 여럿 출

고
전
한
책
깊
이
읽
기

간됐다.

『로빈슨 크루소』에 대한 새로운 읽기와 함께 중요한 것은 그것에 대한 다시 쓰기다. 문학 평론가 김병익 씨는 『로빈슨 크루소』의 세계문학사적 의의와 함께 "크루소의 공포가 혼자 산다는, 또 자연이나 식인종과 싸워야 한다는 단순한 사건으로부터 생겨났기 때문에 깊은 존재에의 고민이나 형이상학적 고통과는 질적으로 차원을 달리하고 있다."는 점을 상기하면서, 앞 세대 작가로서 셰익스피어와 같은 인간성에 대한 깊은 탐구나 동시대 작가인 스위프트의 날카로운 문명 비판의 결여를 작품의 한계로 지적했다.

바로 이 같은 한계를 메워 보려는 노력이 서구 문단에서는 자주 나타났는데(이 사실로 미루어 보아 로빈슨 크루소는 이제 디포의 작중인물에서 벗어나 우리 시대의 신화로 자리 잡았음을 알 수 있다), 『방드르디, 태평양의 끝』(원제: 방드르디 또는 야생의 삶, 김화영 옮김, 민음사 펴냄)이 번역돼 독자들의 관심을 끌었다.

역마살 낀 로빈슨의 박진감 넘치는 여행담

겹쳐 읽기

『로빈슨 크루소』의 내용은 대강 다음과 같다.

부모의 반대를 뿌리치고 더 큰 세상을 접하기 위해 집을 나온 로빈슨 크루소는 첫 항해부터 배가 큰 폭풍에 휩쓸리는 고초를 겪는다. 사실, 이 폭풍은 로빈슨이 앞으로 겪어야 할 운명의 파고를 예고하고 있었다. 그러나 폭풍이 로빈슨의 방랑벽을 꺾을 수는 없었다. 무역상으로 변신한 로빈슨은 기니로 향한 항해에서 해적과 벌인 싸움 끝에 무어인의 노예로 사로잡히고 만다.

천신만고 끝에 탈출에 성공한 로빈슨은 브라질에서 농장을 경영하여 크게 성공하지만, 타고난 모험심은 그를 다시 바다로 내몬다. 이 항해에서 로빈슨은 그 운명적인 폭풍을 만나 일행을 모두 잃고 홀로 고도孤島에서 표류자 생활을 한다(그 이후는 여전히 생생하게 기억할 터이므로 생략한다).

"타고난 성격은 어쩔 수가 없다!" 하권의 맨 앞에 나오는 말이다. 이 한마디에서 예감할 수 있듯, 『로빈슨 크루소』 하권(원제: 로빈슨 크루소의 또 다른 모험)은 시쳇말로 역마살이 낀 로빈슨이 새로운 여행을 떠나 겪는 갖은 고생담을 박진감 있게 묘사해 놓았다.

하권은 크게 두 부분으로 나뉘는데, 앞부분은 전형적인 후일담으로서 로빈슨이 28년 동안 머물렀던 섬에 다시 돌아가 여러 가지 이야기를 듣는 형식으로 그려져 있다. 뒷부분은 로빈슨의, 더 정확히 말해서는 서구인들의 편견과 우월감으로 가득 찬 '동방견문록'으로, 동인도와 중국, 그리고 러시아를 통해 유럽으로 돌아오기까지의 역정을 그렸다.

미셸 투르니에의 『방드르디, 태평양의 끝』은, 원작자의 세계관에 대한 근본적 반성을 토대로 한 거꾸로 쓰기의 전형이다. 구조주의적 인류학자인 레비 스트로스의 영향을 받은 작가는 이 작품을 통해 디포의 세계와는 반대로 자연이 문화를 지배하고, 방드르디('프라이데이'의 프랑스식 발음)가 오히려 로빈슨을 가르치고 원시성이 문명을 이긴다는 메시지를 담았다. 실로 『로빈슨 크루소』에 대한 '코페르니쿠스적 전회'가 아닐 수 없다.

외딴섬에 혼자 남은 로빈슨은 그곳에서 탈출하기 위해 배를 한 척 건조한다. 그는 그것을 '탈출호'라 이름 짓는다. 그러나 혼자 힘으로 그 큰 배를 바닷가로 끌고 간다는 것이 불가능함을 깨닫자 그는 절망 상태에 빠진다. 어느 정도 시간이 흘러 충격이 가시자 그는 이 섬에 질서의 시대가 도래했음을 선포한다. 인류가 밟아 온 발자취 그대로 이 섬에 문명을 건설하기 시작하는 것이다. 농사를 짓고 짐승을 기르며 주거를 관리한다.

이때 방드르디가 출현한다(이 시점이 바로 전복적 글쓰기의 출발점이다). 그는 로빈슨과는 달리 순수 그 자체를 상징한다. 작가는 방드르디를 물질의 4원소 가운데 공기의 속성(가볍고 날쌘 성질)을 가진 인물로 그리고 있다. 그러나 로빈슨은, 이와 반대로, 땅의 속성, 즉 농부의 거칠음과 느림을 가지고 있는 인물로 묘사된다.

로빈슨은 방드르디를 자신의 노예로 삼지만 머지않아 그를 자신의 질서 속에 예속할 수 없다는 사실을 깨닫는다. 방드르디가 '미필적 고의'로 일으킨 폭발 사고는 로빈슨의 모든 질서와 문화를 뿌리째 무너뜨린다. 18세기에 상승하는 계급이었던 부르주아의 세계관을 대표한 디포의 로빈슨은 종말을 고하고, 투르니에의 새로운 탐구가 시작되는 바이다.

로빈슨이 '스페란자'라 이름 지은 이 소우주를 이끌어 나가는 새로운 주인공은 방드르디다. 방드르디가 주도권을 잡으면서 로빈슨의 본질도 탈바꿈한다. 땅의 속성, 그러니까 물질의 가치에 매달려 있던 로빈슨이 공기의 가치를 대표하는 방드르디를 만남으로써 태양의 속성을 가진 로빈슨으로 존재의 전환을 겪는 것이다. 그것은 원소들을 가두고 옥죄던 대지에서 마침내 그것들을 자유롭게 해방시켜 우주적 에너지를 형성할 수 있는 빛과 공기의 차원으로 전환했음을 뜻한다.

새로운 세계를 만난 로빈슨은 방드르디가 섬에 기착한 화이트버드호를 타고 떠나자 깊은 절망감에 빠진다. 그러나 로빈슨은 섬에 남은 어린 수부에게 죄디(목요일)라는 이름을 지어 주고 그와 함께 새로운 섬 생활을 시작한다.

이 거친 요약에서도 쉽게 알 수 있지만, 이 작품은 신화론적 독해를 요구한다. 따라서 디포의 작품이 산업사회를 상징하는 소설이라면, 투르니에의 작품은, 김화영 교수의 지적대로, "그 사회의 추진력이 되는 사상의 폭발과 붕괴, 그에 따라 인간의 신화적 이미지가 원초적 기호로 회귀하는 과정을 그린" 소설이다.

따라서 디포의 로빈슨이 평면적이라면, 투르니에의 로빈슨은 심층적이다. 그만큼 이 작품은 독자의 세련된 감식안을 요구하고 있어 대중적이지는 못하다. 이 사실을 작가 스스로 깨달았을까. 『방드르디, 야생의 삶』은 『방드르디, 태평양의 끝』을 작가가 스스로 개작한 작품이다. 이 책은 너무 무겁게 느껴지는 앞 작품의 철학적이고 형이상학적인 구절을 제거하고 내용의 얼개를 좀 더 단순화했다. 구체적으로 보면, 작가는 앞 작품에 나왔던 로빈슨 크루소의 운명을 예견케 하는 카드점에 상징적 풀이, 철학적 단상이 짙게 배인 항해일지 등을 삭제했다. 그 대신 작가는 어린 암염소 안다의 이야기와 로빈슨과 방드르디가 벌이는 다양한 놀이를 덧붙였다. 작가 연표에 따르면 이 소설은 청소년 문고로 분류돼 있는데, 어른들이 읽는 철학 동화로도 전혀 손색이 없다. 특히, 동화적 분위기를 물씬 풍기는 삽화는 책 읽기의 또다른 즐거움을 안겨 준다.

지금, 『로빈슨 크루소』를 다시 읽는 이유

김화영 교수의 지적대로 로빈슨과 방드르디 신화는 현대사회의 도시인들이 꿈꾸는 머나먼 섬나라로의 이국적인 여행과 그 여행을 조직하는 콘도미니엄 시스템, 패키지여행, 그리고 다른 한편으로 가난한 나라에서 찾아오는 이민노동자라는 현대적 테마로 이미 현실이 됐다.

그러나 이러한 현실화가, 축약된 형태이나마 어린 시절 읽었던『로빈슨 크루소』를 성년이 돼서도 다시 읽게 하는 이유의 전부는 아니다. 그것만으로는 꿈꿀 권리를 포기한 지 오래인 우리가 『로빈슨 크루소』와 그 변주곡들을 읽으면서 걷잡을 수 없는 감동의 해일에 휩싸이는 이유를 온전하게 밝혀낼 수 없다. 아마 그것은, 지금 이곳에서 나의 삶을 부식시키고 있는 일상성에서 탈출하라는, 그래서 자기만의 신화적 공간을 만들라는 내면의 간절한 호소 때문이라고 할 수 있다. 이제, 그 목소리는 이렇게 바뀌어 들린다. "탈출을 꿈꾸는 자, 『로빈슨 크루소』를 읽어라!"라고.

최시한의 『모두 아름다운 아이들』
제롬 데이비드 샐린저의 『호밀밭의 파수꾼』

선재: 안녕, 홀든. 정말 반갑구나. 얼마 전『호밀밭의 파수꾼』(공
경희 옮김, 민음사 펴냄)이란 책을 읽고 얼마나 큰 감동을 받았는
지 모른단다. 이렇게 너를 만나 이야기를 나누게 돼 기쁘구나.

홀든: 선재야, 만나서 반갑다. 내 책에 "정말로 나를 황홀하게 만
드는 책은, 그 책을 다 읽었을 때 작가와 친한 친구가 되어 언
제라도 전화를 걸어, 자기가 받은 느낌을 이야기할 수 있었으
면 좋겠다는 느낌을 주는 책이다."라고 썼는데, 네가 주인공으
로 나온『모두 아름다운 아이들』(문학과지성사 펴냄)을 읽고 꼭
그런 느낌이 들더구나.

선재: 소설을 읽어 봐서 알겠지만, 너하고 나는 많은 점에서 닮았

어. 학교생활에 잘 적응하지 못하고, 작문 실력이 다른 친구들보다 좀 낫다는 점에서 말이야.

홀든: 너하고 닮았다면, 내가 너희 나라 말로 '범생이'게. 솔직히 말해 나는 '망나니'라고 표현하는 게 적합할 거야. 잘 알겠지만 나는 학교에서 네 번이나 쫓겨났잖아. 그리고 너는 친구들이 붙인 별명대로 시인이 될 만큼 빼어난 글솜씨를 자랑하지만, 나는 고작 룸메이트 작문 숙제나 해 주는 정도고. 그리고 내 말투가 얼마나 거치니. 책에 나온 대로 나는 속어나 유행어를 마구 써 대지만, 네 글은 정말 훌륭하더구나. 읽으면 읽을수록 씹히는 맛이 나는 문체에다 비유는 얼마나 적확하던지 시간 가는 줄 모르고 읽었어.

선재: 칭찬해 주니까 부끄러워서 낯을 못 들겠네. 어쨌든 고마워. 하지만 네 책에는 내가 가지고 있지 못한 것이 있어. 너의 매력을 한마디로 표현하면 '정직의 힘'이라고 할 수 있을 거야. 우리들이 하고 싶은 말을 솔직하게 드러내는 너의 책은 정말 막힌 속을 시원하게 뚫어 주더라고. 이 점이 우리나라 친구들이 너를 좋아하는 이유일 거야.

홀든: 그 점이 장점이기도 하지만, 단점이 된다는 것을 너를 알고 나서 비로소 깨달았어. 세상을 향한 거친 분노가 갖는 한계라고 할까. 낮은 목소리로도 할 말을 다 하는 너의 글이 오히려 호소력은 더 큰 것 같아.

선재: 자꾸 비행기 태우지 마. 어지러워. 그건 그렇고, 나는 시대와 공간이 서로 다른데도 우리가 겪고 있는 고민거리가 너무나 비슷하다는 데 놀랐어. 어쩌면 그렇게 유사한 문제로 우리는 숨이 막힐 지경이 되고 말았을까. 나는 솔직히 너희들은 우리보다 자유로울 거라고 짐작하고 있었거든.

홀든: 어떤 사람은 내 고민과 방황이 유명한 변호사를 아버지로 둔 철부지의 투정이라고 할지도 모르지. 하지만 나는 그렇게 생각하지 않아. 삶의 참된 가치보다 출세에 눈먼 어른들이 우리의 삶을 억압한다면 때와 장소를 가리지 않고 일어날 문제지. 선재, 너는 내 말을 이해하지?

선재: 그럼. 이럴 때 우리들이 쓰는 은어로 "당근이지."라고 해. 당연하다는 말이야. 내가 놓인 가정 형편은 너하고 정반대지. 부모님을 일찍 여의고 누님 밑에서 자랐거든. 누나가 억척스러운 건 어쩌면 당연한 일이야. 어린 나이에 처녀 가장이 돼 나를 키우느라고 그렇게 변한 것이거든. 하지만 누나가 내가 가고 싶은 길을 가로막고 억지로 다른 곳으로 끌고 가려는 것은 잘못이야. 그러면 안 되는 줄 알면서도 내가 누나하고 자꾸 다투는 이유지. 참 속상해.

홀든: 그래, 돈의 많고 적음이 행복의 바로미터가 될 수 없다는 것을 알아야 해. 그리고 우리에게는 다른 무엇보다 내일을 선택할 수 있는 자유가 주어져야 해. 그때 비로소 진짜 행복해질 수

있는 거니까. 하지만 어른들은 왜 자꾸 우리의 길을 막으려고 하는 걸까. 왜 우리의 바람과는 상관없이 당신들이 생각하는 방향으로 몰아가려고만 할까. 답답해. 나는 그게 싫어서 이렇게 학교에서 뛰쳐나온 거잖아(히히, 사실은 잘린 거지만).

선재: 네 심정을 충분히 이해해. 내 친구 윤수가 너하고 비슷한 경우야. 윤수는 수용소나 경마장 같은 학교를 떠나 대안 학교로 갔잖니.

홀든: 맞아. 윤수가 그랬지. 윤수 이야기는 꽤 인상적이던데, 나로서는 이해할 수 없는 부분이 있어. 좀 자세히 설명해 주겠니?

선재: 아, 그렇지. 네가 이해할 수 없는 대목이 있을 거야. 우리나라는 아직 학벌이 지배하고 있어. 몇 안 되는 특정 대학을 나와야 사회적으로 성공한다는 통념이 여전히 힘을 발휘하고 있는 거지. 그래서 우리는 공부하는 기계가 되길 강요당하고 있지. 훗날 성공하려면 지금의 고통은 꾹 참고 열심히 공부만 하라는 거야. 하지만 그 공부라는 게 세상을 넓고 깊게 보는 훈련이 아니라는 데 문제가 있어. 물음과 답이 사실상 정해져 있어 그걸 달달 외우기만 하면 되는 거야. '왜 그런가?'라는 물음은 절대 금지돼 있지. 게다가 친구를 이겨야 내가 성공할 수 있다는 논리가 통하는 세상이거든. 윤수가 여기에 반기를 든 거야. 적자생존의 법칙만 통용되는 세계에 도전장을 내민 격이지.

홀든: 아이고, 나는 생각만 해도 답답해서 그런 공부는 절대 못 하

겠다. 너한테는 미안하지만, 네 이야기를 들으니 내가 너무 호강에 겨워 투정을 부린 것만 같구나.

선재: 꼭 그런 것만은 아닐 거야. 네가 결국 학교생활에 적응하지 못한 것도 따지고 보면 윤수와 같은 이유에서일 거야. 이 세상을 지배하는 것은 밀림의 법칙이니까.

홀든: 그래, 맞아. 그래서 윤수가 더듬거리며 "모, 모두 승리, 승리하면 누가, 패, 패배합니까?" 하고 물었구나. 그런 윤수를 학교 밖으로 내팽개치다니. 정말 이 세상은 온갖 허위와 기만에 물들어 있어. 진리보다 거짓이 득세하고 있는 세상이지. 그래서 나는 떠나고 싶은 거야. 이 타락한 세상에서 벗어나 어딘가에 있을 참된 세상으로 가고 싶은 거야.

선재: 나는 네 심정을 충분히 이해해. 그래서 나도 대학 입시를 준비해야 할 고3 때 섬에서 한 철을 보냈잖아. 나는 특히 네가 왜 뉴욕을 떠나고 싶어 하는지 설명한 대목에서 깊은 감명을 받았어. 너는 격양된 목소리로 이렇게 말했지.

아무 데도 가지 못할 거라고 말했어. 내가 대학을 가고 난 후에는 말이야. 내 말 똑똑히 들어 봐. 그땐 모든 게 달라질 거야. 우린 여행 가방을 들고, 엘리베이터를 타고 내려가겠지. 알고 지내던 사람들한테 전화로 작별 인사를 하고, 호텔에 들어가면 그림엽서를 보내야 할 거야. 난 회사에 취직해서 돈을 벌고, 택

시나 매디슨가의 버스를 타고 출근하겠지. 신문을 읽거나, 온
종일 브리지나 하겠지. 그게 아니면, 극장에 가서 시시하기 짝
이 없는 단편영화나, 예고편, 영화 뉴스 같은 걸 보게 될 거야.
영화 뉴스라. 그게 또 대단한 거지. 언제나 경마를 보여 주거
나, 어떤 귀부인이 배 위에서 병을 깨뜨리는 모습이라든가, 침
팬지가 팬티를 입고 자전거를 타는 모습 같은 것만 보여 주니
말이야.

미래에 대한 환상을 버리고, 일상에서 벗어나려는 너의 몸부
림이 나에게 큰 자극을 줬단다.

홀든: 선재야, 더 이상 그때 이야기는 하지 말아 다오. 너무 괴롭
구나. 아! 나는 그때 히치하이킹을 해서라도 떠나야만 했는데.
다시 집으로 돌아간 것은 내 일생에서 가장 큰 실수였어.

선재: 너무 자학하지 마. 꼭 그런 건 아니니까. 네가 사흘 밤낮에
걸쳐 뉴욕을 방황하는 모습을 지켜보면서 많은 감동을 받았
어. 너는 어쩌면 그렇게 마음이 따뜻한 아이니? 센트럴파크 호
수에 있던 오리들이 겨울에는 어디로 가는지 궁금해할 사람은
이 지구상에 너밖에 없을 거야.

홀든: 다른 말은 몰라도 그것만은 선재가 나를 정확하게 본 것 같
구나. 나는 정말 따뜻한 감성을 지닌 사람이 되고 싶었어. 오리
문제 말인데, 나는 아직도 궁금해 죽겠어. 그 많던 오리들은 다

어디로 갔을까? 다 얼어 죽었을까? 아니면 어디 따뜻한 곳에서 겨울나기를 하고 있을까? 그런데 화가 나는 것은 왜 사람들이 오리들한테 전혀 신경을 안 쓰냐는 거야.

선재: 그게 바로 어른의 시선인지도 모르지. 우리하고는 사뭇 다른 그 시선 말이야. 당장 눈앞에 보이는 것에 최고의 가치를 두고, 눈에 보이지 않는 진정한 것에는 관심을 기울이지 않잖아. 그래서 내가 학교에서 정학당하는 일까지 벌어졌고.

홀든: 선재야, 미안하지만, 나는 그 대목도 이해할 수 없었어. 어떻게 된 사건인지 설명 좀 해 줄래?

선재: 참 말하기 난감하구나. 네가 이해하기에는 좀 어처구니없는 일이니까. 우리가 어느 할아버지 댁에 자주 모였던 건 알고 있지? 그런데 우리끼리 허락도 없이 모이는 게 죄가 될 줄이야 누가 알았겠니. 우리는 거기서 그냥 놀이판을 벌이고 싶었을 뿐이야. 그날 내가 계획했던 이벤트는 소박했어. 먼저 편한 자세로 앉아 한 시간쯤 명상 시간을 보내고, 다음에는 둘씩 짝을 지어 두 시간가량 만남의 시간을 갖는 거야. 잘 알 것 같지만, 속 깊이는 모르는 친구와 솔직하게 대화를 나눠 보는 거지. 다음에 어떤 정치 사건에 연류돼 불우해진 할아버지의 연설을 듣기로 했어. 할아버지에게는 좀 다른 체취가 묻어 있었거든. 속물들한테서는 결코 맡을 수 없는 냄새지. 할아버지의 연설이 끝나면 우리는 춤을 출 예정이었어. 날이 샐 때까지 멈추지 않

고 춤을 추려고 했던 거야.

홀든: 아니, 그런데 그게 무슨 문제라고 경찰서에 끌려갔던 거야?

선재: 우리도 이해가 되지 않아 항의했더니 답변이 걸작이더라고. "두 사람 이상이 어떤 목적을 갖고 자주 모이면 정해진 틀의 서류에 적어서나, 아니면 말로라도 선생님께 알려야 한다."는 거야.

홀든: 미안하지만, 네가 살고 있는 나라는 그런 면에서 후진국이구나.

선재: 인정하고 싶진 않지만, 그렇다고 볼 수 있겠지. 하지만 나는 꿈을 버리지 않았어. 더 나은 세상을 만들 수 있다는 꿈 말이야.

홀든: 혹시 내 말이 너의 자존심을 건드렸다면 정말 미안해.

선재: 고마워, 홀든. 너의 꿈은 참 아름답지. 호밀밭의 파수꾼이 되고 싶다고. 여기에 너의 아름다운 소망을 옮겨 놓을게. 그 글을 읽고 나는 마치 감전된 듯한 충격을 받았어. 정말 '전율'이라는 단어가 딱 맞는 순간이었지.

그건 그렇다 치고, 나는 늘 넓은 호밀밭에서 꼬마들이 재미있게 놀고 있는 모습을 상상하곤 했어. 어린애들만 수천 명이 있을 뿐 주위에 어른이라고는 나밖에 없는 거야. 그리고 난 아득한 절벽 옆에 서 있어. 내가 할 일은 아이들이 절벽으로 떨어질 것 같으면, 재빨리 붙잡아 주는 거야. 애들이란 앞뒤 생각 없이 마구 달리는 법이니까 말이야. 그럴 때 어딘가에서 내가 나타나서는 꼬마가 떨어지지 않도록 붙잡아 주는 거지. 말하자면 호밀밭의 파수꾼이 되고 싶다고나 할까.

홀든: 아까 칭찬하니까 네가 민망하다고 그랬는데, 지금 내가 꼭 그런 꼴이네. 조금 덧붙여 설명하자면, 나는 가파른 계단에 있는 난간 같은 존재가 되고 싶은 거야. 어른들의 생각이란 참 단순해서 우리보고 저 계단을 오르면 성공의 고지에 다다를 수 있다고만 윽박지르지. 오르면 오를수록 우리가 더 큰 공포감에 사로잡힌다는 생각은 눈곱만큼도 못 해. 하지만 그곳에 손을 짚고 쉴 수 있는 난간이 있다면, 조금은 위안이 될 거란 말이지. 그것을 가리켜 나는, 로버트 번스라는 시인의 시에서 착상을 얻어, 호밀밭의 파수꾼이라고 표현해 본 거야. 이 생각은 나만 하는 게 아니더라고. 선재도 나랑 생각이 같잖아. 이번에는 내가 네 시를 인용할게. 정말 아름다운 시였어.

지친 나그네여,

그대의 땅이 가깝다

불을 켜라, 이제는 눈떠라

무더운 여름날

사막에서 그리던 샘물과,

그 긴 겨울밤

골짜기 바위틈에 잃어버린

꿀처럼 단 잠이,

저기 있다, 보이느냐

햇살 눈부신 초원

그대와 뛰노는

모두 아름다운 저 아이들

나그네여,

홀로 헤매인

지친 나그네여…

아, 우리는 얼마나 지쳐 있던가. 선재야, 네 시는 사막을 건너
느라 지친 우리 영혼에 드리운 서늘한 그늘 같았어. 장담하건
대, 너는 큰 시인이 될 거야.

선재: 좀 우습지만, 나는 숨을 쉬고 싶었을 뿐이야. 우리의 멱을
붙잡고 좀처럼 놔 주지 않는 이 세상에서 숨을 제대로 쉬면서
다른 사람과 하나가 되고, 지금의 나와 다른 무엇이 되고 싶은
거지. 홀든, 내가 너무 감상적으로 이야기했니?

홀든: 아니야, 너는 정말 시인이라니까. 네 말 잘 알 것 같아.

선재: 약속한 시간이 다 됐네. 짧았지만, 정말 멋진 만남이었어. 너랑 좋은 대화 나눠 기분이 너무 좋았단다. 어려울 때마다 홀든, 너를 기억할게.

홀든: 선재야, 나는 네가 형제 같다는 기분이 들어. 우리가 나눈 이야기가 방황하고 있는 아름다운 아이들에게 힘이 됐으면 좋겠는데, 큰 도움이 될지 모르겠구나.

선재: 나도 같은 심정이야. 그럼 이만 안녕.

홀든: 형제여, 몸 건강하길.

두 사상가의
세기적 대결

지그문트 프로이트의 『프로이드 자서전』
아니엘라 야훼의 『회상, 꿈 그리고 사상』

우리가 한 사상가의 자서전을 읽으면서 누리는 즐거움은, 학술 업적이라는 광휘에 가려 보이지 않았던, 그 사상가의 인간적인 체취를 물씬 맡을 수 있다는 점에서 비롯한다. 특히, 성장 과정에 얽힌 각종 에피소드와 그가 겪어야만 했던 인간적 갈등을 엿볼 수 있다는 점은, 자서전 읽기의 큰 매력이다. 이와 함께 자서전을 통해 그 사상가의 학문 세계를 입문 차원에서 접할 수 있다는 점도 빼놓을 수 없는 소득이다.

국내 학자의 자서전이 흔치 않은 가운데 독자들의 지적 호기심을 불러일으킬 만한 책으로는 프로이트와 융의 자서전이 있다. 두 사람의 자서전은 각각 『프로이드 자서전』(차재호 옮김, 탐구당 펴냄. 이 책은 지금은 서점에서 구할 수 없다. 현재 이 책과 가장 유사한 내용을 담은 것으로는 프로이트 전집 가운데 하나인 『나의 이력서』(한승완 옮김, 열린책들 펴냄)가 있다.)과 『회상, 꿈 그리고 사상』(이부영 옮김, 집문당 펴냄. 같은 책이 조성기 번역으로 『카를 융, 기억 꿈 사상』 (김영사 펴냄)으로 나왔다.)이라는 제목으로 국내에 소개됐다.

프로이트와 융 자서전 읽기의 색다른 묘미

프로이트(1856~1939)와 융(1875~1961)의 자서전을 같이 읽어 보면 재미있는 사실을 하나 발견하게 된다. 두 사람이 각자의 자서전에서 상대방을 비중 있게 다루고 있는 것이다. 즉, 프로이트의 자서전에는 융이 나오고 융의 그것에는 프로이트가 나오고 있다(두 사람의 자서전을 읽으면서 주의해야 할 것은, 프로이트의 것은 154쪽의 문고판이고, 융의 것은 482쪽에 이르는 방대한 양의 저술이라는 점이다. 따라서 상대방에 대한 회고의 양적 차이가 현격히 나는데, 이를 질적 차이로 오인해서는 안 된다. 전자의 자서전은 좀 더 함축적이고, 후자의 그것은 좀 더 설명적이라는 점을 놓치지 말아야 한다).

두 사람이 정신병리학은 물론이고 꿈과 신화에 대한 탁월한 분석가였다는 점에서 상호 교류가 있었을 것이고, 그에 대한 기록이 자서전의 한구석을 장식하고 있다고 해서 대단할 것은 없다고

겹쳐읽기

여길지도 모른다. 그러나 자서전을 읽어 보면 알겠지만, 그 기록에는 한때 사상적 사제지간이었던 두 사람이 이론적 경쟁자가 되면서 겪어야 했던 인간적 갈등과 감정이 꽤 솔직하게 토로돼 있다. 조금은 짓궂은 발상이지만, 같은 사건에 대한 서로 다른 평가와 반응을 '대질심문'해 가면서 읽다 보면 두 사람 사이의 사상적 차이는 물론이고, 그들의 인간적 면모까지 훔쳐보는 기회를 얻게 된다.

두 사람 사이에 건널 수 없는 감정의 골을 깊게 파 놓은 사건의 대강은 이렇다. 프로이트는 20세기를 여는 해인 1900년에 『꿈의 해석』을 펴냈다. 오늘날 마르크스의 『자본론』과 함께 20세기를 상징하는 대표적인 저작으로 손꼽는 일반적인 평가와 달리, 당시 학계는 프로이트 학설에 놀라울 정도로 냉담한 반응을 보였다. 프로이트는 극도로 외로웠다. 그러나 시간이 흐르면서 프로이트 이론의 지지자들이 서서히 나타났다. 20여 년 연하의 젊은 정신의학자 융이 그를 초대한 것은 1908년이었다. 두 사람은 만난 즉시 의기투합했고, 그들의 협력은 1910년 국제정신분석학회를 결성하는 데까지 이르렀다. 하지만 두 사람의 사상적 '허니문'은 곧 파국에 이르고 만다. 융이 프로이트 이론에 반론을 제기하면서 새로운 학설을 주장했기 때문이다(비슷한 시기에 아들러도 프로이트학파에서 이탈해 새로운 이론을 펼친다).

자, 그럼 이 사건에 대한 프로이트 증인의 이야기부터 들어 보자.

앞서 말한 대로 프로이트는 1900년『꿈의 해석』을 펴냈지만, 전문 학술지의 관심조차 끌지 못하는 푸대접을 받았다. 그러나 점차 고립이 끝나 가면서 빈Wien 주위에서 추종자를 얻었고, 1906년에는 취리히의 정신의학자인 블로일러와 그의 조수 융이 정신분석에 큰 관심을 보이고 있다는 소식을 접했다. 1908년 융의 초대로 첫 회합이 잘츠부르크에서 열렸는데, 이 회합의 성과로『정신분석 정신병리 연구 연보』가 창간됐다(이 학회지를 지도한 인물은 프로이트와 블로일러였고, 편집을 맡은 것은 융이었다).

이 같은 노력에도 프로이트학파에 대한 학계의 반응은 여전히 냉담했다. 프로이트는 학계의 반응에 대해 "부인하는 것을 안 보려고 현미경을 아예 들여다보지 않는" 수법이라고 비난하면서 "정신분석학에 대한 학계의 이단 선언은 분석학자들을 단결시키는 결과를 가져왔다."고 회고했다. 분석학자들의 단결은 1910년 국제정신분석학회를 결성하는 원동력이 됐다.

"나는 C. G. 융이 초대 학회장으로 임명되도록 주선했는데 나중에 이것은 아주 잘못한 일임이 드러났다." 프로이트의 후일담이다.

1911년에서 1913년 사이 프로이트의 정신분석학회에서 이탈하려는 일련의 움직임이 일어났는데, 주동자는 정신분석학회 창립 당시 크게 활약한 융과 아들러였다. 이 대목에서 프로이트는 "나는 다만 아들러와 융 두 사람이 그들의 이론을 '정신분석'이란 이름으로 부르지 않기만을 요구했다."면서 "10년이 지나고 난 이제 정신분석에 대한 이 두 반란의 바람은 큰 피해를 주는 일 없이 지나갔다."고 자위했다.

그러나 편집자가 덧붙인 듯한 부록은 새로운 사실을 알려준다. 편집자 왈, "여기서는 이렇게 담담하지만 이 두 사람과 결별한 직후에 쓰인 글에는 프로이트가 훨씬 더 흥분한 상태에 있음이 엿보인다."는 것이다. 사실 부록에 실린 글을 보면 프로이트가 두 사람에 대해 얼마나 화가 나 있었는지 쉽게 알 수 있다. 프로이트는 이탈자들을 한마디로 "이단자들"이라고 표현하고 있으며, 그들에 대한 공개적인 파문장을 쓰고 있다. 특히 융에 대해서는 "이 스위스인이 도입했다고 자랑하는 수정 이론이란 정신분석 이론에서 성적 요인을 뒷전으로 밀어내는 일에 불과한 것이었다. 나는 처음부터 이런 '진전'이 현실 욕구에 대한 너무 지나친 양보라고 생각"했다면서, 두 이단자에 대해 "나는 다만 행운이 정신분석이란 하계下界에 머무는 것이 견딜 수 없을 만큼 불편했던 사람들로 하여금 상계上界로의 길을 편안히 가게 해 주길 바랄 뿐이다."라고 말했다.

이제, 프로이트학파에서 이탈해 심층심리학을 창시한 융의 증언을 들어 볼 차례다.

25세 되던 해, 그러니까 1900년에 프로이트의 『꿈의 해석』을 읽은 융은, 처음에는 그 책을 제대로 이해하지 못했다고 고백한다. 프로이트의 학설을 검증할 만한 임상적 경험이 부족했기 때문이다. 1903년 융은 『꿈의 해석』을 다시 한번 읽고 나서야 "거기서 내 자신의 생각과 관련이 있는 것을 발견했다."고 한다.

새로운 진리를 깨달은 기쁨에 잠긴 것도 잠깐, 융은 고민에 빠지게 된다. 프로이트를 읽을 무렵 융은 대학에서의 출세가 보장돼 있었다. 그러나 프로이트는 보수적인 대학 사회가 철저히 기피하는 인물이었다. 이런 분위기에서 프로이트의 이론을 공개적으로 지지하는 것은 자살행위에 다름없었다. 이 때문에 융은 자신의 연상검사와 프로이트 학설이 일치한다는 것을 확인한 다음에도 프로이트를 언급하지 않고 자신의 실험 결과를 출판하고자 하는 "마귀의 속삭임"을 받기도 했다. 진리냐 출세냐, 그것이 문제로다! 융은 갈등 끝에 프로이트 편에 서기로 했다. "만일 프로이트가 말하는 것이 진리라면 나는 그의 편에 있겠다. 출세가 연구를 제약하고 진리를 묵살하는 것을 전제로 한다면 출세 같은 것은 거들떠보지도 않겠다."고 청년 융은 결심했다.

융은 1907년 2월 빈에서 프로이트를 처음 만났다고 회고한다. 그들은 13시간 동안 쉴 새 없이 침을 튀겨 가며 떠들어 댔다. 융은 이 만남을 통해 "그가 무척 머리 좋고 예리하고 어느 면에서나 두드러진 사람임을 발견했다."고 하면서, "그러면서도 그에 관한 첫인상은 어딘가 불투명한, 알 수 없는 구석을 남기고 있었다."고 기록했다.

1909년은 두 사람 사이를 갈라놓은 결정적인 해였다. 이 해에 두 사람은 미국의 클라크대학교에 초청돼 같이 여행했고 미국에서 7주간을 함께 보냈다. 두 사람 사이에 어두운 그림자를 드리운 첫 번째 사건은 미국으로 가는 여행 도중에 일어났다. 융이 독일 북부 지방의 한 늪지대에서 발견된 시체에 관심을 보인 것을 두고 프로이트가 필요 이상의 짜증을 냈고, 급기야 기절까지 하는 소동이 벌어졌다. 정신을 차린 프로이트는 융이 그 시체에 대해 수다스럽게 지껄인 것은 자신의 죽음을 원했기 때문이라고 말했다(프로이트는 한 세미나에서 융 때문에 또 한 차례 기절하는데, 이것도 융의 무의식에 잠재된 부성父性 살해를 자신이 감지했기 때문이라고 주장한다). 융은 이 같은 주장을 전혀 근거 없는 분석이라고 반박하면서, 프로이트에게 '결투'를 요청하기에는 자신이 그를 너무나 존경하고 있었다고 말한다.

그러나 미국에서 보낸 7주간은 두 사람의 결별을 사실상 확정지었다. 융과 프로이트는 미국 체류 기간에 매일 만나서 자신들의 꿈을 분석했다. 어느 날 융은 프로이트의 꿈을 분석하면서 "그의 개인 생활에서 몇 가지를 내게 좀 더 자세히 말해 준다면 그 꿈에 대해서 더 많은 것을 말할 수 있게 되리라."고 했다. 그러나 프로이트는 융을 이상한 눈초리로 바라보면서 "내 권위의 손상을 무릅쓸 수는 없지 않은가."라고 대답했다. 이 순간, 융은 프로이트와의 결별을 예감했다. "프로이트는 개인적인 권위를 진실보다 위에 세우고 있었던" 것이다.

물론 융과 프로이트가 이 같은 신경전 끝에 결별한 것은 아니다. 두 사람이 끝내 다른 길을 걷게 된 가장 큰 요인은 억압의 원인을 무엇으로 보느냐 하는 이론적인 문제였다. 융은 "모든 노이로제가 성적인 억압이나 외상外傷으로 생기는 것이라는 설은 아직 시인할 수 없었"고, "성의 개인적인 의미와 생물학적인 기능을 넘어서서 그것이 지닌 정신적 측면과 누미노제*적인 의미를 탐구하고 설명"하고자 했다.

융은 프로이트와의 결별을 공식화한 저서인 『리비도의 변환과 상징』의 마지막 장인 '희생'을 2개월 동안이나 집필하지 못했다고 밝혔다.

2개월 동안 나는 펜을 들지 못했다. 그리고 갈등으로 고민했

누미노제(Numinose): 독일의 철학자 오토가 그의 저서 『성(聖)스러운 것』에서 만들어 낸 철학 용어로, 종교적 경험의 비합리적인 것을 말한다.

다. 내가 생각하는 바를 침묵할 것인가, 친분을 위협하는 모험을 할 것인가? 결국 나는 쓰기로 결심했고 그것은 프로이트와의 친분을 희생시켰다.

책을 출간한 후 융은 많은 것을 잃어야만 했다. 옛 동지들이 그의 저서를 졸작이라고 평했고, 그를 신비가라 공박했다.

"나는 '희생'의 장이 나의 희생을 의미함을 알게 되었다."

그 고통스런 순간을 회고한 융의 말이다.

프로이트와 융을 위한 변명

두 사상가의 협력과 반목을 둘러싼 인간적 갈등 속에서 누가 옳았는지는 독자 스스로가 판단할 일이다. 그러나 '판결'을 내리기 전에 다음의 두 가지를 '정상참작'해야 할 성싶다.

먼저 프로이트를 위한 변명. 프로이트가 지나치게 자신의 학설을 고집하고, 제자나 추종자들과의 관계에서 인간적 결함을 보였다 하더라도 잊어서는 안 될 사실이 있다. 무의식이라는 대륙붕에서 인간의 본질을 찾아내고, 이를 디딤돌로 삼아 인류사

고 전 한 책 깊 이 읽 기

와 문명사에 대한 놀라운 통찰을 보여 준 업적은 결코 평가절하될 수 없다는 점이다. 프로이트와 결별한 융조차 1939년 10월 1일 발표한 프로이트에 대한 추도사에서, 『꿈의 해석』이 "세기적인", "지금까지 시도된 것 가운데 일찍이 유례가 없는 가장 대담한 시도로써 경험의 확고한 기반에 입각해서 무의식의 정신의 수수께끼를 풀고자 했다."고 평가했다.

다음은 융을 위한 변명. 변절이라는 말에 대한 일반적인 반응에서 볼 수 있듯, 대체로 우리는 사상적 변화를 달갑지 않게 여기는 경향이 짙다. 그러나 "당신은 누구인가? 등으로 나에게 질문하지 말아 주십시오. 언제나 똑같은 채로 있으라는 식으로 질문하지 말아 달란 말입니다."라는, 저 유명한 푸코의 말이 가르쳐 주듯, 한 사상가의 사상적 발전마저 변절이나 배신으로 보아서는 안 된다.

작금 우리 독서계는 라캉 열기가 대단하다. 그러나 프로이트에 대한 관심은 상대적으로 약한 편이다. 알튀세르의 철학이 마르크스에 대한 새로운 독해를 주장하고 있듯, 라캉 이론은 프로이트 새롭게 읽기에서 출발한다는 점을 생각하면 이해하기 어려운 기현상이다. 프로이트가 그러할진대 융이야 오죽하랴. 프로이트는 전집이, 융은 기본 저작집이 출간된 마당이니, 천천히 그리고 꼼꼼히 읽어 볼 일이다.

배고픈 소크라테스를 위한 변명

플라톤의 『에우티프론, 소크라테스의 변론, 크리톤, 파이돈』
강정인의 『소크라테스, 악법도 법인가?』

소크라테스의 최후를 알려 주는 책으로 플라톤의 네 대화 편을 꼽는다. 여기에 해당하는 문헌으로는 「에우티프론」, 「소크라테스의 변명(변론)」, 「크리톤」, 「파이돈」이 있다. 어느 하나만 읽지 않고 통으로 읽으면 소크라테스의 사상과 삶의 고갱이를 파악할 수 있다. 마침, 『에우티프론, 소크라테스의 변론, 크리톤, 파이돈』(박종현 옮김, 서광사 펴냄)이 있으니, 읽어 보면 두루 도움이 된다.

잘 알려져 있듯, 『소크라테스의 변명』은 법정에 선 소크라테스의 최후진술을 기록한 글이다. 소크라테스가 법정에 선 것은 "젊은이들을 부패시키고, 국가가 신봉하는 신들을 믿지 않고 다이몬이라는 색다른 신을 신봉한 죄"로 멜레토스가 고소했기 때문이다. 사실 소크라테스는 따르는 제자도 많았지만, 그를 질시하는 적도 많은 편이었다. 이것은 당대 최고의 희극작가인 아리스토파네스에 의해 확인된다. 아리스토파네스는 「구름」이라는 작품을 통해 소크라테스를 희대의 사기꾼으로 몰아붙였다. 그러나 소크라테스는 법정에서 자신에 대한 고소를 조목조목 반박하면서 무죄를 주장한다. 하지만 이 주장은 소크라테스를 결과적으로 불리하게 만들었다. 논리적 허점이 있어서가 아니라(누가 말로 소크라테스를 이길 수 있겠는가?), 말하는 태도에 문제가 있었던 것이다. 다른 죄인들처럼 배심원들에게 비굴할 정도로 아양을 떨어도 무죄 선고 받기가 어려운 형편이었거늘, 소크라테스는 당당히, 아니 오히려 배심원들을 꾸짖는 듯한 어조로, 자기의 무죄를 주장했다.

소크라테스는 스스로를 가리켜 영웅 아킬레우스와 같다고 했다. 친구의 원수를 갚기 위해 죽음이 예고됐음에도 전장으로 나갔던 아킬레우스. 바로 이 아킬레우스의 정신으로 살았기에 소크라테스는 "신의 명령에 의하면 제가 지혜를 사랑하고 나 자신과 남들을 검토하면서 살아가게 되어 있는데, 이 자리에서 죽음이나 그 밖의 어떤 것을 두려워하여, 제가 지킬 자리를 버린다고 하면, 이것은 참으로 못마땅한 짓일 것입니다."라고 말할 수 있었던 것이다.

그러나 아테네의 배심원들은, 자신들을 가수假睡 상태에서 깨어나게 했던 준열한 비판 정신의 소유자인 소크라테스에게 사형을 언도했다. 죽음을 선고받았음에도 소크라테스는 당당했다. 아니, 오히려 이 순간, 배심원과 죄인의 관계가 뒤바뀌었다. 소크라테스가 자신에게 사형을 언도한 배심원을 재판했다.

지금 저는 늙고 발이 느려, 느린 것(즉, 죽음)한테 붙들렸지만, 저를 고소한 사람들은 영리하고 재빨라, 빠른 것(즉, 비열함)에 붙들렸습니다. 그리고 지금 저는 여러분에게 사형의 판결을 받고 이 자리를 떠나려 하고 있습니다마는 그들은 진리에 의하여 흉악과 부정의 죄가 있다는 판결을 받고 이곳을 떠납니다. 저는 이 판결에 복종해야 합니다마는 그들도 이 판결에 복종해야 합니다.

"악법도 법이다."라고 말한 적 없는 소크라테스

나는 가슴 벅찬 감동의 여운을 안고 「크리톤」을 읽어 나갔다. 소크라테스의 절친한 친구였으나, 영민한 제자는 아니었던 크리톤, 그이가 소크라테스를 찾아와 탈옥할 것을 권유한다. 겉으로야 그럴듯한 이유를 둘러댔지만, 소크라테스를 탈옥시키려 한 이유는 딴 데 있었다. 돈을 쓰면 소크라테스를 충분히 구할 수 있었는데, 워낙 자린고비라 그 일을 하지 않았다고 주변 사람의 입방아에 오르내리는 게 두려웠다. 이에 소크라테스는 훗날 아리스토텔레스가 '도덕적 삼단논법'으로 가다듬은 논증으로 크리톤을 설득한다.

　나는 이 이야기를 다 읽고 「파이돈」으로 넘어가려다 문득, 「크리톤」 어디에도 "악법도 법이다."라는 구절이 없다는 사실을 깨달았다. 앗, 나의 실수? 나는 눈에 힘을 주고 처음부터 다시 읽어 내려갔다. 그런데 눈을 씻고 다시 봐도 "악법도 법이다."라는 구절은 없었다. 어찌 된 일일까? 한 번 읽어 봤던 책인데, 왜 이제야 그 사실을 깨달았을까? 내 발견을 믿을 수가 없었다. 우리는 얼마나 많은 곳에서 소크라테스가 "악법도 법이다."라고 말했다고 배웠던가. 도저히 이해되지 않는 순간이었다. 그래서 서점으로 달려가 이 잡듯 뒤져 찾아낸 책이 『소크라테스, 악법도 법인가?』(문학과지성사 펴냄)이다. 아쉽게도 이 책은 지금 서점가에서는 찾아볼 수 없다. 그래도 나만의 문제의식에 처음으로 답변해 준 책이라, 그 내용을 소개한다. 이후 강정인 교수의 주장에 동의하는 책이 여럿 나왔으니, 리강의 『악법도 법이다, 소크라테스는 말하지 않았다』, 이양호의 『소크라테스는 왜 탈옥하지 않았을까?』, 전자책으로 나온 김주일의 『소크라테스는 '악법도 법이다'라고 말하지 않았다』를 참고하기를 바란다.

　이 책은 내가 품은 의구심에 답하기 위해 쓴 책 같았다. 지은이는 「크리톤」 어디에도 소크라테스가 직접 "악법도 법이다."고 말한 적이 없다는 것을 확인한다. 그런데도 우리가 그 말을 직접 소크라테스가 한 것처럼 알게 된 배경은 무엇인지, 이 책은 추적하고 있다(지은이는 특히 우리나라의 교과서에 명시적으로 소크라테스가 말한 것처럼 기록한 이유를 따져 묻고 있다). 이 과정에서 지은이는 「크리톤」에 나타난 소크라테스의 법사상을 후대 사람들이 해석한 결과를 간략하게 표현한 것이 '악법도 법이다.'라고 결론짓는다(이러한 입장을 법실증주의라 하고, 대표적인 학자로 베르그봄이 있다는 것을 나는 이 책을 통해 비로소 알았다). 그러나 지은이는 이 해석에 의문을 품는다. 과연 「크리톤」에 나타난 소크라테스의 법사상을 그렇게 해석할 수 있느냐는 것이다. 왜냐하면 『변명』에서 소크라테스는, 자기가 정의를 위해서 실정법을 어겼던 구체적 사례를 두 개나 들었기 때문이다. 이 의문에 답하기 위해 지은이는 무려 20여 명에 이르는 학자들의 다양한 해석을 제시하고 있는데, 서둘러 결론부터 말하면, 대부분의 학자들은 법실증주의적 해석을 강도 높게 비판했다.

파노라마처럼 펼쳐진 해석들 가운데 내가 별 저항감 없이 동의할 수 있었던 것은 아렌트의 입장이었다. 지은이가 정리한 바에 따르면, 아렌트는 "소크라테스가 크리톤에게 지적한 것처럼 '법률'은 그에게 국가의 동의하에 아테네를 떠날 수 있는 대안을 제시한 바 있다. 법정에서 소크라테스는 망명보다는 차라리 죽음을 선호한다고 하면서 망명을 거절한 적이 있는데 이제 와서 도망가는 것은 자신의 법정 진술과 모순되는 행동을 하는 셈이 되고, 나아가 배심원들의 판결이 옳다는 것을 입증하는 것이다. 물론 철학을 포기하는 대안도 있었으나 그는 이를 거절하고 죽음을 택했다."고 하면서 "소크라테스의 도망 행위는 시민들에게는 물론 자신에게 한 약속을 어기는 셈이기 때문에 궁극적으로 도망을 거절하고 죽음을 받아들였다."고 주장했다.

인상적인 것은 지은이의 결론이었다. 소크라테스가 "악법도 법이다."라고 말했다는 것은 전혀 근거 없는 전설이거나 낭설에 불과하다고 판정한 지은이는, 이 책의 결론에서 다음과 같이 말했다.

우리는 과거 독재 정권의 역사적 과오를 시인하고 민주화의 의지를 다진다는 의미에서 독재 정권의 하수인으로 부역해 온 「크리톤」의 소크라테스에 대해 민주주의에 대한 불경죄와 청소년 타락죄로 유죄 선고를 하고 사형에 처해야 할 것이다. (…) 그리고 소크라테스가 그의 사후에 잘못을 뉘우친 아테네 시민들에 의해 뒤늦게 명예가 회복되었듯, 박제화된 소크라테스를 처형한 후, 우리는 부당한 법률에 복종할 것을 공개적으로 거부한 『변명』의 소크라테스를 부활시켜 그의 명예를 회복시키고, 그의 민주적 시민 정신을 기릴 필요가 있다.

소크라테스의 사상을 "악법도 법이다."고 해석한 것이 얼마나 편협한 견해인지는「파이돈」을 읽어 가면서 다시 확인할 수 있었다. 소크라테스는 죽음을 눈앞에 두고 여러 제자와 대화를 나누면서 철학자는 기꺼이 죽을 각오가 돼 있어야 한다고 강조했다. 정화란 "육체의 쇠사슬로부터 영혼이 해탈하는 것"이고 "육체로부터의 영혼 분리 및 해방이 죽음"이라고 소크라테스는 정의했다. 그렇기에 "참철학자들이, 그리고 오직 그들만이, 도대체 영혼을 이와 같이 해방시키려 하는" 것이다. 따라서 "될 수 있는 대로 죽음의 상태에 가깝게 살려고 애쓰던 사람이, 막상 죽음에 당면해서 마다하는 것은 우스운 일"이라 했다.

소크라테스 선생님 전상서

안녕하세요, 소크라테스 선생님.

불초한 제가 삶의 진정한 가치가 무엇인지 깨달을 수 있었던 것은 오직 선생님 덕이었음을 고백합니다. 저는 특히 선생님이 말씀하신 등에 이야기에 깊은 감동을 받았습니다. 지혜를 사랑하는 사람이 해야 할 마땅한 도리가 무엇인지를 분명하게 말씀해 주셨기 때문입니다.

선생님. 저는 한때 고민에 빠져 있었습니다. 이 나라를 시끌시끌하게 했던 신지식인 논쟁 때문이었습니다. 이럴 때 선생님의 글은 저에게 가야 할 길을 가르쳐 주는 밤하늘의 별과 같았습니다. 세상이 어떻게 변하더라도 지식인이 해야 할 역할에는 변함이 없다는 사실을 재삼 깨달았기 때문입니다. 물론, 시대의 변화에 따라 지식인의 역할이 달라질 수도 있습니다. 오늘처럼 시대가 지식을 활용해 부가가치를 만드는 사람을 요구할 수도 있는 것이지요. 우리가 굳이 이 요청을 백안시할 필요는 없다고 생각합니다. 그렇지만 이 같은 신지식인도 선생님께서 가르쳐 주신 '등에', 즉 "여러분을 깨우되, 하루 종일 어딜 가든 따라가서 곁에 달라붙어 설득하고 비난하"는 역할을 감당해야만 합니다. 만약 이 역할을 거부하거나, 게을리한다면 그들은 결코 지식인일 수 없습니다.

선생님, 가끔 하이데에서 선생님이 하고 계실 일을 생각하면 저도 모르게 웃음이 나오곤 한답니다. 지금도 선생님은 분명히 신화에 나오는 유명한 신과 역사를 빛낸 유명인을 만나 그들이 진짜 지자인지 아닌지, 찰거머리처럼 찰싹 달라붙어, 묻고 또 묻고 계실 테니까요. 선생님께서도 생전에 그 일을 생각하면 유쾌하다고 그러셨지요. 특히 그곳의 삶이 행복하리라 장담하신 것은, 그런다고 저세상 사람들이 이 세상 사람들처럼 선생님을 사형에 처하지는 않을 것이기 때문이라 하셨지요.

지혜 있는 자는 "자기가 지혜에 있어서 사실은 보잘것없다는 것을 안 자"라고 가르쳐 주신 선생님. 그 옛날 선생님이 이 가르침을 주셨기에 저는 오늘도 제가 얼마나 무지한지를 반성하고 지혜를 사랑하기 위해 애를 씁니다. 비록 선생님이 보시기에 제가 아직 죽음을 연습하지 않는, 배부른 돼지에 불과하겠지만, 살아 있는 동안 선생님의 가르침을 따르기 위해 더욱 노력하겠습니다. 그래야 저도 선생님이 계신 곳에 가 지혜를 이야기할 수 있을 테니까요.

늘 제가 선생님의 가르침대로 살고 있는지 지켜보아 주시길 부탁드리며, 이만 글을 줄이겠습니다.

이권우 샘이 추천하는
청소년을 위한
고전 100선

한국 문학

『춘향전』
전국국어교사모임(기획), 조현설(지음), 유현성(그림) | 휴머니스트(펴냄)

『금오신화』
전국국어교사모임(기획), 최성수(지음), 노성빈(그림) | 휴머니스트(펴냄)

『홍길동전』
전국국어교사모임(기획), 권순긍(지음), 김선배(그림) | 휴머니스트(펴냄)

『구운몽』
전국국어교사모임(기획), 진경환(지음), 이수진(그림) | 휴머니스트(펴냄)

『심청전』
전국국어교사모임(기획), 정출헌(지음), 배종숙(그림) | 휴머니스트(펴냄)

『장화홍련전』
전국국어교사모임(기획), 권순긍(지음), 조정림(그림) | 휴머니스트(펴냄)

『박지원의 한문 소설』
전국국어교사모임(기획), 김수업(지음), 김경희(그림) | 휴머니스트(펴냄)

『흥부전』
전국국어교사모임(기획), 신동흔(지음), 김혜란(그림) | 휴머니스트(펴냄)

『배비장전』
전국국어교사모임(기획), 권순긍(지음), 김언희(그림) | 휴머니스트(펴냄)

『박씨전』
전국국어교사모임(기획), 장재화(지음), 임양(그림) | 휴머니스트(펴냄)

『깨끗한 매미처럼 향기로운 귤처럼』
이덕무(지음), 강국주(엮음) | 돌베개(펴냄)

『난중일기』
이순신(지음), 김지윤(엮음) | 돌베개(펴냄)

『세계 최고의 여행기 열하일기』
박지원(지음), 고미숙 · 길진숙 · 김풍기(옮김) | 북드라망(펴냄)

『무정』
이광수(지음), 김철(엮음) | 문학과지성사(펴냄)

고
전
한
책
깊
이
읽
기

『감자』
김동인(지음), 최시한(엮음) | 문학과지성사(펴냄)

『날개』
이상(지음), 김주현(엮음) | 문학과지성사(펴냄)

『소설가 구보씨의 일일』
박태원(지음), 천정환(엮음) | 문학과지성사(펴냄)

『삼대』
염상섭(지음), 정호웅(엮음) | 문학과지성사(펴냄)

『운수 좋은 날』
현진건(지음), 김동식(엮음) | 문학과지성사(펴냄)

『탁류』
채만식(지음), 우찬제(엮음) | 문학과지성사(펴냄)

『고향』
이기영(지음), 이상경(엮음) | 문학과지성사(펴냄)

『맥』
김남천(지음), 채호석(엮음) | 문학과지성사(펴냄)

『인간 문제』
강경애(지음), 최원식(엮음) | 문학과지성사(펴냄)

『만세전』
염상섭(지음), 김경수(엮음) | 문학과지성사(펴냄)

『까마귀』
이태준(지음), 김윤식(엮음) | 문학과지성사(펴냄)

『오발탄』
이범선(지음), 김외곤(엮음) | 문학과지성사(펴냄)

『독 짓는 늙은이』
황순원(지음), 박혜경(엮음) | 문학과지성사(펴냄)

『정본 윤동주 전집』
윤동주(지음), 홍장학(엮음) | 문학과지성사(펴냄)

『정본 백석 시집』
백석(지음), 고형진(엮음) | 문학동네(펴냄)

『정지용 전집 1: 시』
정지용(지음), 최동호(엮음) | 서정시학(펴냄)

『살아 있는 한국 신화』
신동흔(지음) | 한겨레출판(펴냄)

한국 사상

『다산의 마음』
정약용(지음), 박혜숙(엮음) | 돌베개(펴냄)

『열 가지 그림으로 읽는 성리학』
이황(지음), 최영갑(옮김) | 풀빛(펴냄)

『나는 모든 것을 알고 싶다』
이익(지음), 김대중(엮음) | 돌베개(펴냄)

『우주의 눈으로 세상을 보다』
홍대용(지음), 김아리(엮음) | 돌베개(펴냄)

『쉽게 읽는 북학의』
박제가(지음), 안대회(엮음) | 돌베개(펴냄)

『동경대전』
최제우(지음), 최천식(엮음) | 풀빛(펴냄)

한국사

『사진과 함께 읽는 삼국유사』
일연(지음), 리상호(옮김), 강운구(사진), 조운찬(교열) | 까치(펴냄)

『뜻으로 본 한국역사』
함석헌(지음) | 한길사(펴냄)

세계 문학

『벌핀치의 그리스 로마 신화』
토머스 불핀치(지음), 이윤기(옮김) | 창해(펴냄)

고전 한 책 깊이 읽기

『오이디푸스왕 외』
소포클레스(지음), 김기영(옮김) | 을유문화사(펴냄)

『돈 끼호떼』
미겔 데 세르반테스(지음), 민용태(옮김) | 창비(펴냄)

『로빈슨 크루소』
대니얼 디포(지음), 윤혜준(옮김) | 을유문화사(펴냄)

『걸리버 여행기』
조너선 스위프트(지음), 이혜수(옮김) | 을유문화사(펴냄)

『마담 보바리』
귀스타브 플로베르(지음), 김화영(옮김) | 민음사(펴냄)

『설득』
제인 오스틴(지음), 전승희(옮김) | 민음사(펴냄)

『셰익스피어 4대 비극』
윌리엄 셰익스피어(지음), 최종철(옮김) | 민음사(펴냄)

『노인과 바다』
어니스트 헤밍웨이(지음), 김욱동(옮김) | 민음사(펴냄)

『데미안』
헤르만 헤세(지음), 전영애(옮김) | 민음사(펴냄)

『호밀밭의 파수꾼』
제롬 데이비드 샐린저(지음), 공경희(옮김) | 민음사(펴냄)

『변신』
프란츠 카프카(지음), 이주동(옮김) | 솔(펴냄)

『허클베리 핀의 모험』
마크 트웨인(지음), 김욱동(옮김) | 민음사(펴냄)

『죄와 벌』
표도르 도스토옙스키(지음), 김연경(옮김) | 민음사(펴냄)

『부활』
레프 니콜라예비치 톨스토이(지음), 박형규(옮김) | 민음사(펴냄)

『1984』
조지 오웰(지음), 정회성(옮김) | 민음사(펴냄)

청소년을 위한 고전 100선

『페스트』
알베르 카뮈(지음), 김화영(옮김) | 책세상(펴냄)

『파리대왕』
윌리엄 골딩(지음), 유종호(옮김) | 민음사(펴냄)

『백년의 고독』
가브리엘 가르시아 마르케스(지음), 조구호(옮김) | 민음사(펴냄)

『말』
장 폴 사르트르(지음), 정명환(옮김) | 민음사(펴냄)

『두 도시 이야기』
찰스 디킨스(지음), 성은애(옮김) | 창비(펴냄)

『바다와 독약』
엔도 슈사쿠(지음), 박유미(옮김) | 창비(펴냄)

『지킬 박사와 하이드 씨의 기이한 사례』
로버트 루이스 스티븐슨(지음), 송승철(옮김) | 창비(펴냄)

『미국의 아들』
리처드 라이트(지음), 김영희(옮김) | 창비(펴냄)

『어둠의 심연』
조지프 콘래드(지음), 이석구(옮김) | 을유문화사(펴냄)

『워더링 하이츠』
에밀리 브론테(지음), 유명숙(옮김) | 을유문화사(펴냄)

『제인 에어』
샬럿 브론테(지음), 조애리(옮김) | 을유문화사(펴냄)

『적과 흑』
스탕달(지음), 이동렬(옮김) | 민음사(펴냄)

『루쉰 소설 전집』
루쉰(지음), 김시준(옮김) | 을유문화사(펴냄)

『도련님』
나쓰메 소세키(지음), 송태욱(옮김) | 현암사(펴냄)

고전한 책 깊이 읽기

동양 사상

『논어, 사람의 길을 열다』
배병삼(지음) | 사계절(펴냄)

『맹자』
장현근(지음), 맹자(원전) | 한길사(펴냄)

『중용, 극단의 시대를 넘어 균형의 시대로』
신정근(지음) | 사계절(펴냄)

『대학 강의』
전호근(지음) | 동녘(펴냄)

『도덕경』
노자(지음), 오강남(풀이) | 현암사(펴냄)

『장자 교양 강의』
푸페이룽(지음), 심의용(옮김) | 돌베개(펴냄)

서양 사상

『소크라테스의 변명, 진리를 위해 죽다』
안광복(지음), 플라톤(원저) | 사계절(펴냄)

『플라톤의 국가, 정의를 꿈꾸다』
장영란(엮음), 플라톤(원저) | 사계절(펴냄)

『아리스토텔레스의 정치학, 행복의 조건을 묻다』
유원기(지음), 아리스토텔레스(원저) | 사계절(펴냄)

『니콜로 마키아벨리 군주론』
니콜로 마키아벨리(지음), 박상훈(옮김), 최장집(한국어판 서문) | 후마니타스(펴냄)

『생각하는 나의 발견 방법서설』
김은주(지음), 이해정(그림), 르네 데카르트(원저) | 아이세움(펴냄)

『리바이어던, 근대 국가의 탄생』
박완규(지음), 토머스 홉스(원저) | 사계절(펴냄)

『사회계약론』
장 자크 루소(지음), 김영욱(옮김) | 후마니타스(펴냄)

청 소 년 을 위 한 고 전 1 0 0 선

『통치론』
존 로크(지음), 강정인 · 문지영(옮김) | 까치(펴냄)

『유토피아, 농담과 역설의 이상 사회』
주경철(지음), 토머스 무어(원저) | 사계절(펴냄)

『자유론』
존 스튜어트 밀(지음), 서병훈(옮김) | 책세상(펴냄)

『프로이트의 꿈의 해석, 무의식에 비친 나를 찾아서』
김서영(지음), 프로이트(원저) | 사계절(펴냄)

『공산당선언』
카를 마르크스 · 프리드리히 엥겔스(지음), 이진우(옮김) | 책세상(펴냄)

『프로테스탄트 윤리와 자본주의 정신, 노동의 이유를 묻다』
노명우(지음), 막스 베버(원저) | 사계절(펴냄)

『나는 고발한다』
에밀 졸라(지음), 유기환(옮김) | 책세상(펴냄)

『애덤 스미스 국부론』
이근식(지음), 애덤 스미스(원저) | 쌤앤파커스(펴냄)

『성과 속』
미르체아 엘리아데(지음), 이은봉(옮김) | 한길사(펴냄)

『증여론』
마르셀 모스(지음), 이상률(옮김) | 한길사(펴냄)

『니체의 위험한 책, 차라투스트라는 이렇게 말했다』
고병권(지음), 니체(원저) | 그린비(펴냄)

『존 롤스 정의론』
황경식(지음), 존 롤스(원저) | 쌤앤파커스(펴냄)

과학

『갈릴레오의 두 우주 체계에 관한 대화』
오철우(지음), 갈릴레오(원저) | 사계절(펴냄)

『쿤의 과학혁명의 구조』
박영대 · 정철현(지음), 최재정 · 황기홍(그림), 토마스 쿤(원저) | 작은길(펴냄)

『물리학 클래식』
이종필(지음) | 사이언스북스(펴냄)

『부분과 전체』
베르너 하이젠베르크(지음), 유영미(옮김), 김재영(감수) | 서커스(펴냄)

『생명의 비밀을 밝힌 기록 이중 나선』
이한음(지음), 이부록(그림), 제임스 D. 왓슨(원저) | 아이세움(펴냄)

『코스모스』
칼 세이건(지음), 홍승수(옮김) | 사이언스북스(펴냄)

청소년을 위한 고전 100선

고전을 주춧돌로 생각과 논리의 집을 짓다
고전 한 책 깊이 읽기

초판 1쇄 펴낸날 | 2019년 3월 12일
초판 3쇄 펴낸날 | 2021년 10월 28일

지은이 | 이권우
펴낸이 | 홍지연
펴낸곳 | ㈜우리학교

편집 | 김영숙 고영완 소이언 정아름 김선현 한지연
디자인 | 남희정 박태연 오성희
마케팅 | 강점원 최은
관리 | 정상희
인쇄 | 에스제이 피앤비

출판등록 | 제313-2009-26호(2009년 1월 5일)
주소 | 03992 서울시 마포구 동교로23길 32 2층
전화 | 02-6012-6094
팩스 | 02-6012-6092
홈페이지 | www.woorischool.co.kr
이메일 | woorischool@naver.com

ISBN 979-11-87050-88-9 43800